COMMISSION SCOLAIRE ST-EUSTACHE

Alexandre
le dinosaure

de Tor Seidler

illustrations de Miles Hyman

traduit de l'américain par Noël Chassériau

Gallimard Jeunesse

EDWARD SMALL JUNIOR S'ÉVEILLA À
SEPT HEURES ET QUART, MIT SES
VÊTEMENTS DE CLASSE ET ATTEN-
DIT DERRIÈRE LA FENÊTRE DE SA
CHAMBRE QUE SON PÈRE QUITTE LA
maison pour se rendre à son travail. Edward Small senior, son
père, était un petit homme méticuleux dont la taille atteignait
à peine un mètre soixante-huit. Comme tous les matins, il par-
tait pour le magasin à sept heures et demie pile. Il embrassa
Mme Small sur le pas de la porte et suivit scrupuleusement les
méandres du sentier dallé qui contournait le chêne planté au
milieu de la pelouse. Le soleil faisait miroiter et scintiller son
début de calvitie et le mètre ruban métallique accroché à sa
ceinture. Sa chemise de travail était d'une propreté éclatante et
le pli de son pantalon impeccablement marqué. Mais toutes ces
façons n'amélioraient guère son allure, qui était à peu près insi-
gnifiante. Pas plus que de se montrer difficile à table ne l'avait

empêché de prendre de l'embonpoint. L'un dans l'autre, il faisait plutôt piètre figure – surtout vu d'un premier étage.

Pendant que son père sortait prudemment en marche arrière la camionnette Carpet City garée dans l'allée, Edward vérifia sa propre taille sur la toise tracée au crayon sur le chambranle de la fenêtre. Il ne dépassait toujours pas le trait des un mètre soixante-cinq sur lequel il butait depuis Noël. Il descendit l'escalier d'un pas lourd en se demandant s'il grandirait jamais.

En arrivant à la porte de la cuisine, il s'arrêta. Dans la bouteille de lait au-dessus de l'évier, les tulipes jaunes qu'il avait cueillies pour sa mère commençaient à se faner. Il fit demi-tour, traversa le vestibule en évitant soigneusement de marcher sur le vieux tapis aux couleurs ternies, et sortit par la porte de devant. On était en mai, et les tulipes se faisaient rares ; il en trouva cependant deux belles, rouge vif. Il se dirigea alors vers la porte de la cuisine, à l'arrière de la maison.

– Bonjour, m'man, dit Edward en retenant la porte à moustiquaire pour l'empêcher de claquer.

Sa mère consacrait plusieurs heures par jour à la *Gazette* hebdomadaire de Molebury, pour le compte de laquelle elle sollicitait par téléphone des annonces publicitaires. Personnellement, Edward estimait que le porte-à-porte aurait donné de meilleurs résultats. En regardant sa mère, aucun client n'aurait pu résister à ses arguments. Même là, dans la cuisine, en robe de chambre et pantoufles fourrées, avec ses cheveux blonds comme de la barbe de maïs enroulés sur des bigoudis, elle lui paraissait belle comme une star de cinéma.

– Oh, merci, mon chéri, dit-elle en posant sa cuiller en bois.

Pendant qu'elle remplaçait les tulipes jaunes par les rouges, il s'assit devant la table et prit ses pilules vitaminées. Elles contenaient trois fois la dose quotidienne de calcium requise pour un adulte, ce qui favorisait la croissance.

Le téléphone sonna, et la mère d'Edward coinça le combiné entre son oreille et son épaule.

– Bonjour, Hank, dit-elle en cherchant un stylo. Mmmm. Mmmm.

M. Henry Forster, le rondouillard directeur de la *Gazette*, lui communiquait les noms des clients à contacter. Tout en prenant des notes, elle n'oublia pas de parsemer de ciboulette les œufs brouillés d'Edward, ni d'entourer le monticule jaune qui garnissait son assiette de quatre tranches de bacon grillées à point.

Après son petit déjeuner, Edward monta au premier étage. Il réveilla sa sœur Priscilla, qui n'était encore qu'en septième et n'allait pas à l'école avant neuf heures. Il prit son cartable vert qu'il n'avait pas ouvert depuis l'après-midi précédent. Rubrique « Assiduité à faire ses devoirs », la journée de la veille ne risquait pas de figurer au *Livre des records*. En sortant de l'école, Edward avait filé tout droit au lac de bitume et, bien qu'il ait renoncé à son programme télé du lundi soir pour apprendre ses leçons, il s'était laissé piéger par le chapitre consacré au Lézard géant de son livre favori, *L'Age des dinosaures*, dans lequel était dessinée une carte de la vaste mer intérieure qui recouvrait la majeure partie des Grandes-Plaines durant la période jurassique. L'ennui, c'était que cela se passait il y a une centaine de millions d'années et n'avait rien à voir avec ses devoirs.

Edward dévala l'escalier jusqu'au rez-de-chaussée et, de nouveau, contourna le tapis du vestibule. Sa mère l'attendait sur le pas de la porte et il ne fit qu'une timide tentative pour esquiver son baiser d'adieu.

Il descendit Summit Street. Le soleil qui filtrait à travers le feuillage printanier des caroubiers esquissait sur le trottoir des motifs changeants qui rappelèrent à Edward les écailles dorsales de certains dinosaures cuirassés. Il était si absorbé par ses pensées qu'il en oublia de surveiller ses arrières. Au moment où il atteignait la haie de houx des Lundquist, une voix familière nasilla derrière lui :

– Hé, Small ! Attends-moi !

Edward pressa le pas en direction de Waverly Avenue, mais il était vain d'espérer distancer les grandes enjambées de Billy Gritch, qui, sans ses bottes, dépassait déjà un mètre quatre-vingts. La plaisanterie préférée de Billy consistait à vous pousser « accidentellement » dans les sombres griffes vertes de la haie de houx des Lundquist. Mais, Dieu merci, Edward l'avait maintenant dépassée, et Billy dut se contenter d'un simple coup de poing, décoché dans le gras du bras.

– C'est une sacrée veine que je t'aie rattrapé, hein, Small ?

– Qu'est-ce que tu veux dire ? demanda Edward pendant que la douleur s'estompait.

Billy laissait toujours flotter les pans de sa chemise hors de son blouson, sur lequel figurait l'emblème de l'équipe sportive du collège de Molebury. Sa tignasse flamboyante l'auréolait comme un feu de paille et, derrière ses taches de rousseur, ses yeux verts brillaient d'une lueur moqueuse.

– Eh bien, tu n'irais quand même pas traverser Waverly Avenue tout seul comme un grand au milieu de toutes ces voitures, pas vrai ? répondit-il avec un sourire narquois.

Billy le prit par le coude et lui fit traverser l'avenue de la même manière qu'Edward faisait avec sa petite sœur du temps où elle allait à la maternelle. Lorsqu'ils atteignirent le trottoir de l'église méthodiste, Billy le lâcha et cala son cartable sous son bras gauche, son bras droit étant strictement réservé au lancer des balles de base-ball.

– Tu vois, il n'y avait pas de quoi avoir peur. Qu'est-ce qu'on dit ?

Edward marmonna quelque chose qui pouvait passer pour un « merci ».

– Oh, c'était la moindre des choses, Small. Tu as fait cette stupidité de dissertation ?

Edward secoua négativement la tête en fixant l'enchevêtrement de petits ballons de football et de battes de base-ball brodés dans le m du blouson de Billy.

– En deuxième heure, j'ai étude.

– Et pour la mère Krumb-truc ? Tu as résolu les problèmes ?

Mais Edward n'avait pas non plus fait son devoir de maths et Billy, comprenant qu'il ne pourrait rien copier, le laissa tomber.

Edward ne tarda pourtant pas à le retrouver, d'abord au cours d'histoire de la première heure, et à nouveau pendant le cours de littérature, en troisième heure. Après ça, vint un cours d'agriculture vraiment nul mais pour lequel il n'y avait rien à préparer. Puis vint l'heure du déjeuner.

Après le repas, Billy Gritch et toute la bande des blousons à écusson passèrent la récréation sur le terrain de basket, à se lancer des ballons ou des plaisanteries, pendant qu'Edward, comme à son habitude, consacrait ce moment de répit aux mathématiques, qui étaient le cours suivant. Il repoussait toujours les maths à la dernière minute. Il détestait toutes ces chicaneries... et éprouvait une étrange satisfaction à négliger une matière dont son père, qui passait ses journées à mesurer et à débiter de la moquette, n'arrêtait pas de vanter les mérites, affirmant qu'elle était d'une importance primordiale dans « le milieu des affaires ».

Tapi dans une salle vide du deuxième étage, Edward parcourut rapidement le chapitre du jour dans le livre de maths – c'était le chapitre 32 – et s'attaqua à ses problèmes. Lorsque la première sonnerie retentit, il n'en avait résolu que quatre sur huit. Mais, en général, Mme Krumbcutter, le professeur de maths, ne ramassait les copies qu'à la fin de la classe, et il terminait souvent son devoir sur ses genoux pendant qu'elle faisait son cours.

Trois minutes séparaient la première sonnerie de la seconde. Après le déjeuner, une loi tacite de l'école interdisait aux élèves de pénétrer dans les salles de classe avant que la deuxième sonnerie se soit fait entendre, si bien qu'Edward eut le temps de courir aux toilettes vérifier la bonne ordonnance de sa coiffure dans le miroir piqué surmontant les lavabos. Les cours de maths étaient les seuls auxquels Mary Beth Chalmers assistait également. Il sortit son peigne de son cartable, l'humecta et s'attaqua à l'épi qui se dressait au-dessus de son oreille gauche. Contrairement à sa sœur qui avait les grands yeux bleus candides et les cheveux blonds et souples de leur mère, Edward tenait de son père : visage rond et petits yeux en boutons de bottines, cheveux noirs et rebelles. Le peigne était la seule solution envisageable.

Lorsqu'il ressortit dans le couloir, deux comiques du cours de maths faisaient devant quelques élèves leur numéro sur

Mme Krumbcutter, insinuant qu'elle avait élu domicile dans la salle 23, dont elle ne sortait jamais, et que sa chevelure frisottée était une production des Aciéries et Tréfileries de Molebury.

– Mais avoue que tu me fais marcher en l'appelant Mme Krumbcutter ? dit l'un d'eux.

– D'accord, je te faisais marcher, reconnut l'autre. Il est bien évident que personne ne se risquerait jamais à lui susurrer des mots d'amour pour être reçu à coups de quotients et de racines carrées.

Les gloussements des élèves furent coupés net par la sonnerie et l'un des deux comiques ouvrit la porte de la salle 23 en disant :

– Mesdames et messieurs, bienvenue au spectacle.

Le spectacle en question était bien entendu le cours de Mme Krumbcutter. Les mathématiques ont beau être barbantes, elles passionnaient tellement cette pauvre femme qu'elle était capable d'en parler sans reprendre son souffle pendant une heure d'affilée, en couvrant les tableaux noirs d'équations incompréhensibles, à une telle vitesse qu'un vulgaire bâton de craie devenait aussi bruyant qu'un pivert en folie. Mais, cet après-midi-là, les tableaux noirs n'étaient pas essuyés comme à l'accoutumée, prêts à subir l'assaut de Mme Krumbcutter. A la consternation d'Edward, il y avait de l'interrogation écrite dans l'air.

Les questions étaient difficiles. Mais, pire encore, Mme Krumbcutter ramassa immédiatement les devoirs et les corrigea pendant que les élèves planchaient sur l'interrogation. Une fois les copies rendues, pourtant, les choses s'arrangèrent. Un garçon du premier rang fit démarrer Mme Krumbcutter en lui demandant pourquoi le produit de deux nombres négatifs était un nombre positif, et l'explication enthousiaste du professeur dura pratiquement jusqu'à la fin de l'heure. Edward retrouva le sourire en contemplant les vagues de cheveux platinés cascadant sur les épaules de Mary Beth Chalmers... et le mot secret – Alexandre – qu'il avait gravé dans le porte-crayon de son pupitre.

La sonnerie retentit. Les élèves s'avancèrent à l'extrême bord de leur siège, comme des coureurs prêts à s'élancer au coup de pistolet du starter. Mme Krumbcutter se détourna du gâchis dont elle avait criblé le tableau noir et regarda la pendule en battant des paupières comme si elle n'en croyait pas ses yeux.

– L'heure serait-elle déjà terminée ? Bon. Très bien. Demain, nous attaquerons le chapitre 33 qui traite de la théorie des nombres réels. N'est-ce pas passionnant d'approcher de la fin du livre ?

Personne ne fit de commentaire. A dire vrai, elle n'attendait aucune réponse à ce genre de question stupide.

– Demain, nous examinerons vos interrogations écrites, poursuivit-elle. La seule chose que vous ayez à faire ce soir, c'est donc de lire ce chapitre. Vous pouvez partir... à l'exception d'Edward, auquel j'aimerais dire quelques mots.

L'estomac d'Edward se serra. Elle ne l'avait pas gardé après la classe depuis l'examen de fin de semestre, à l'automne dernier. Les garçons se ruèrent hors de la salle, suivis, à peu près aussi sagement, par les filles, le laissant pétrifié sur sa chaise, en tête à tête avec Mme Krumbcutter.

— Dites-moi la vérité, Edward, murmura-t-elle avec lassitude. Vous n'avez pas consacré beaucoup de temps à ce devoir, n'est-ce pas ?

Elle s'assit derrière son bureau, retira ses lunettes à monture d'acier, et massa du bout d'un doigt l'arête de son nez aquilin. Quand Mme Krumbcutter n'était pas en train de faire son cours, toute vie semblait se retirer d'elle.

— Eh bien... j'ai eu un tas d'autres choses à faire, hier soir, madame Krumbcutter, répondit Edward d'une voix qui lui parut trop aiguë, presque une voix de fille.

— En ce qui vous concerne, Edward, ma patience est à bout ; j'en ai bien peur. Savez-vous ce que c'est que d'apprendre les mathématiques ?

Il le savait. C'était la même chose que de bâtir un gratte-ciel. Mais, une fois de plus, elle n'attendait pas vraiment de réponse.

— C'est la même chose que de bâtir un gratte-ciel, dit-elle. Seulement, dans votre cas, vous omettez de construire le rez-de-chaussée. Vous comprenez ?

— Oui... je crois.

— Comme tout le reste, dans la vie, les mathématiques doivent reposer sur des bases solides. Mais je commence à me demander si vous prenez seulement la peine de retenir les principes et les règles les plus élémentaires.

Mme Krumbcutter remit ses lunettes, ce qui doubla le volume de ses pauvres yeux larmoyants.

– Je pense avoir fait preuve de beaucoup d'indulgence à votre égard, Edward, mais nous arrivons à la fin de l'année scolaire et je crains que l'examen de passage ne vous pose de graves problèmes. Demain, j'aimerais que vous fassiez à la classe un exposé sur le contenu du chapitre 33.

– Je vous demande pardon ?

– Demain, je désire que vous fassiez un exposé sur le chapitre 33. Quand on doit se lever et expliquer un sujet à ses camarades, on n'a pas le choix : il faut commencer par l'assimiler. Je vous assure, Edward, que la théorie des nombres réels est un sujet tout à fait fascinant.

Les mains qu'Edward crispait sur le rebord de son pupitre devinrent subitement aussi poisseuses que les hamburgers qu'on leur avait servis au réfectoire pour le déjeuner. Une fois déjà, dans sa carrière au collège de Molebury, il avait dû faire un exposé...

– Mais... aucun autre élève n'a jamais été obligé de faire un exposé, madame Krumbcutter.

– Aucun autre élève, dans cette classe, ne s'est jamais donné aussi peu de mal pour les mathématiques. Mais ne vous tracassez pas, Edward. Il se pourrait que vous ayez la surprise de découvrir que vous y prenez plaisir.

DURANT L'HEURE SUIVANTE, LA DERNIÈRE AVANT LA GYM, EDWARD AVAIT ÉTUDE. IL LUT LE CHAPITRE 33, LES NOMBRES RÉELS.

Il commença à esquisser le plan de son exposé, mais le souvenir pénible de sa première expérience en classe de géologie, un an et demi plus tôt, l'assaillit. Lorsqu'il s'était approché du squelette pendu sur l'estrade de la salle de sciences naturelles pour lire son exposé sur les roches métamorphiques, son cœur s'était brusquement emballé, il s'était mis à battre d'une façon tellement désordonnée qu'on aurait pu croire qu'il cherchait à s'envoler hors de sa poitrine. Et quand Edward avait ouvert la bouche pour prononcer son discours, le cœur au bord des lèvres, aucun son n'en était sorti et il était resté aussi muet que son macabre voisin. Pourtant, contrairement aux maths, la géologie l'intéressait vraiment. En fait, il en savait probablement plus sur le sujet que les deux douzaines d'élèves qui composaient son auditoire. Et cependant, leur présence l'avait paralysé. Finalement, il avait dû simuler une quinte de toux et donner son texte à lire au professeur.

Cet incident était le souvenir le plus dramatique de toute la vie d'Edward, un cauchemar qui l'avait hanté nuit après nuit, bien longtemps après que les gamins de l'école eurent cessé de le taquiner en prétendant que le « sac d'os » lui avait arraché la langue. Il le hantait toujours.

Et voilà qu'il allait de nouveau devoir subir ce calvaire.

La dernière sonnerie finit par retentir et il rangea ses livres avant de se rendre à la gym. Le directeur du collège était un partisan convaincu de l'adage : « Un esprit sain dans un corps sain. » Tous les élèves, les filles comme les garçons, devaient donc pratiquer une discipline sportive.

Chaque printemps, les garçons avaient le choix entre l'athlétisme et le base-ball. L'année précédente, Edward avait opté pour l'athlétisme. Comme il n'avait réussi à se distinguer ni dans la course de vitesse, ni dans le saut en hauteur, ni dans le saut en longueur, ni dans le saut à la perche, le moniteur l'avait relégué, avec les autres médiocres, dans la course de fond. Cela signifiait qu'il devait tourner inlassablement en rond sur la piste cendrée, du début à la fin de

CHAPITRE DEUX

la séance. Aussi, cette année, Edward avait-il choisi le base-ball en se disant que ça ne pouvait pas être pire. Erreur. La plupart du temps, le moniteur d'athlétisme ignorait au moins les coureurs de fond, les laissant trottiner à leur propre cadence. Le moniteur de base-ball, lui, n'ignorait personne. Il suffisait d'un lacet de chaussure dénoué pour le faire souffler dans son sifflet. Mais le plus pénible de tout était l'entraînement au maniement de la batte.

Quand le moniteur lançait, c'était supportable. Il n'était plus aussi jeune qu'il aimait à le penser, et ses balles étaient moins rapides qu'il ne le croyait.

Mais ce jour-là, le grand match contre Pottsville devant avoir lieu le vendredi suivant, ce fut Billy Gritch qui lança pendant l'entraînement à la batte, pour commencer à s'échauffer le bras. Les balles de Billy arrivaient à la vitesse de l'éclair, sans parler de ses balles liftées, « les seules correctes de tout l'État », claironnait-il volontiers, bien qu'Edward n'eût jamais compris comment on pouvait qualifier de « correctes » des balles qui, à la dernière seconde, bifurquaient brusquement vers votre tête. De plus, alors que le moniteur contrôlait avec la rigueur d'un adjudant la tenue de n'importe quel autre joueur, Billy était autorisé à laisser flotter les pans de son maillot, si bien que, quand il se livrait aux contorsions compliquées précédant son lancer, il ressemblait à un gigantesque oiseau de proie s'apprêtant à fondre sur vous. La plupart du temps, Edward ne voyait même pas arriver la balle avant qu'elle ne lui passe sous le nez

– 20 –

pour aller se loger, avec un « flop » sonore, dans le gant de cuir du receveur. Ce « flop » claquait comme un coup de feu, le receveur, qui était un vrai plouc, ayant l'habitude de cracher dans son gant. Mais, de toute manière, à ce moment-là Edward était habituellement étendu sur le dos dans le rectangle du batteur. Il ne tombait pas à la renverse volontairement : c'était un simple réflexe d'autodéfense, aussi incontrôlable que son extinction de voix lorsqu'il devait parler en public, et il n'y pouvait absolument rien, en dépit des remarques de Billy Gritch, qui rugissait :

– C'est une balle de base-ball, Small, pas une grenade !

Le seul moyen sûr de couper à l'entraînement de batte était de se porter volontaire pour ramasser les volantes, ces balles que les batteurs expédiaient au-delà des limites du champ intérieur. Récupérer les volantes consistait à sillonner le champ extérieur ventre à terre, à courir comme un chien après les balles égarées, et à les renvoyer dans le filet d'arrêt. On en sortait haletant et la langue pendante, mais, au moins, on n'était la risée de personne, sauf du concierge de l'école, le vieux Crimmins, aux yeux injectés de sang, qui assistait toujours à l'entraînement en compagnie de son berger allemand, Prince. Le vieux Crimmins se postait sur la ligne des balles fautes, à gauche, et, quand on en ratait une, il gloussait, crachait une giclée de jus de chique et adressait un commentaire spirituel à son chien. Plus d'une fois, Edward avait entendu le vieux corbeau insinuer qu'il était plus maladroit qu'une fille, mais c'était un prix bien modeste à payer pour échapper à l'humiliation générale.

L'entraînement prit fin par trois tours de terrain. Billy Gritch fut le premier à terminer son circuit, le premier à prendre sa douche, le premier à se rhabiller et à quitter le gymnase.

Il y avait toujours une petite chance de rattraper Mary Beth Chalmers, qui faisait partie de l'équipe des supporters, et peut-être de lui porter son cartable. Et si on ne la rattrapait pas, il restait d'autres possibilités : on pouvait flâner devant l'école en écoutant Pott FM, la station de rock de Pottsville, sur la radio d'un copain, ou bien remonter Waverly Avenue et taper les badauds d'une cigarette ou deux. Mais cet après-midi-là, Edward, qui avait déjà abattu des kilomètres dans le champ extérieur n'essaya même pas de se dépêcher, ni pendant les trois tours de terrain ni pendant la douche : il n'y avait aucun espoir que Mary Beth lui laisse porter son cartable et, franchement, il avait mieux à faire que de perdre son temps à traînailler devant l'école.

Edward alla récupérer ses livres dans son casier du premier étage et sortit de l'école par-derrière en traversant la cour de récréation déserte, la piste de course à pied et le terrain de baseball. Après le filet d'arrêt, il y avait une brèche dans la palissade. Il s'y faufila et dévala le talus qui aboutissait au remblai de la vieille voie ferrée reliant les Aciéries et Tréfileries de Molebury à la ligne principale.

Il suivit les rails rouillés et, tandis qu'il s'éloignait de l'école, l'abominable perspective de l'exposé de maths commença à s'estomper un peu. Il se mit à enjamber les traverses deux par deux, en espérant que des grands pas lui allongeraient les jambes. La voie décrivait une courbe, et les deux cheminées jumelles de la vieille fonderie apparurent, ornées chacune du sigle ATM, peint verticalement en blanc sur les briques noircies.

Puis il vit la fonderie elle-même, et le bâtiment plus bas et plus moderne de l'usine de tréfilage, avec son bassin devant et son parking derrière. La légende prétendait qu'autrefois des wagons chargés de monceaux de minerai de fer venant du Minnesota empruntaient cette voie ferrée. A la fonderie, le fer était affiné dans d'immenses creusets chauffés à blanc, puis étiré, transformé en fil de fer et enroulé sur d'énormes bobines. Mais l'idée qu'une opération aussi grandiose ait pu avoir lieu à Molebury paraissait absolument fabuleuse à Edward, presque incroyable. Maintenant, des mauvaises herbes poussaient entre les rails. Toute la fonderie était effectuée ailleurs. Des feuilles de cuivre et d'acier arrivaient aux Aciéries et Tréfileries par camion et en repartaient, sous forme de fil, dans d'autres camions. Pour les habitants de Molebury, la vieille fonderie abandonnée et ses fières cheminées jumelles n'étaient plus qu'une «monstruosité», un « vrai dinosaure ».

Derrière le parking de l'usine, le terrain descendait en pente raide dans un ravin boisé. C'était le seul des environs, la région de Molebury étant, dans l'ensemble, plate. En fait, tout l'État était plat, essentiellement couvert de champs de maïs ou de blé qui murmuraient doucement sous la sèche brise estivale et dont les chaumes hérissaient de picots les neiges de l'hiver. Mais le ravin situé derrière l'aciérie était tout différent. Il était profond, humide et obscur. Des racines moussues croisaient la piste secrète que les pieds d'Edward y avaient tracée au cours des années, et cette mousse restait humide même quand il n'avait pas plu depuis des semaines. Ce sentier escarpé était barré à mi-chemin par un tronc creux couvert d'une moisissure jaunâtre. Après avoir caché son cartable, Edward glissa sur une plaque visqueuse et tomba durement sur le coccyx. Une douleur fulgurante le traversa, encore plus fort que le coup de poing de Billy, mais il se contenta d'en rire, car aux senteurs résineuses des pins se mêlait maintenant un parfum enivrant, un parfum qu'il aimait encore plus que celui du shampooing de Mary Beth Chalmers : l'odeur du bitume.

AU FOND DU RAVIN, EDWARD
SMALL JUNIOR CLIGNA DES YEUX
EN ÉMERGEANT DE LA PÉNOM-
BRE DU BOIS. À DIX MÈTRES DE
LUI, LE SOLEIL FAISAIT MIROITER
la surface d'un étang du plus beau noir en y allumant des reflets
d'émeraude, d'argent et de pourpre. En dehors de quelques rares
arbrisseaux rabougris, souffreteux, les abords de l'étang noir
étaient dénudés. Un grand chêne abattu par l'orage étendait ses
branches jusqu'à la rive, et son tronc, vers le milieu, était entièrement dépouillé de son écorce.

C'était le siège attitré d'Edward. L'étang noir était un lac de
bitume, une fosse pleine à ras bord d'un liquide opaque, épais
et visqueux que les savants appellent naphte et qui est une
variété de pétrole brut. Ce n'était qu'un tout petit lac de
bitume, mais il tenait une très grande place dans le cœur
d'Edward qui le considérait comme le trésor le plus précieux
de Molebury (après sa mère et sa sœur). Quelques années avant

sa naissance, une équipe de chercheurs de l'université de l'État avait bénéficié d'une subvention fédérale pour sonder le lac, dans l'espoir qu'elle en extirperait les restes d'un mammouth, d'un tigre à dents de sabre ou d'un dinosaure, comme ceux que des savants avaient sortis des célèbres lacs de bitume de La Brea, en Californie. Par l'intermédiaire de son patron, Henry Forster, la mère d'Edward avait procuré à son fils le vieux numéro jauni de la *Gazette* hebdomadaire de Molebury relatant l'affligeant résultat de ce dragage. Tout ce que l'on avait extrait du lac, c'était une bottine à boutons de l'ancien temps, une roue de charrette cerclée de fer rouillé, une de ces grandes bobines en bois utilisées à la tréfilerie et un ballon de football dégonflé. Comment une bottine de femme avait-elle pu arriver là ? Mystère. En revanche, la présence de la roue de charrette et de la bobine n'avait rien de mystérieux, et encore moins celle du ballon. Le dimanche, les garçons n'avaient pas accès au terrain de jeu du collège, et ils allaient jouer au football dans le parking désert de l'usine. C'est d'ailleurs au cours de l'une de ces parties de football dominicales qu'Edward avait découvert le lac de bitume. Lorsque les joueurs étaient en nombre impair, c'était souvent lui qui se retrouvait tout seul, après la formation des équipes, et il était automatiquement chargé de courir après le ballon quand celui-ci franchissait les lignes de touche.

Ce dimanche-là, un tir mal orienté avait expédié le ballon dans le ravin, et Edward avait dû se frayer un chemin dans les broussailles pour le récupérer. Il l'avait retrouvé, mais, en le ramassant, il avait entendu un curieux bruissement près de son pied. Comme il s'intéressait aux reptiles, il était redescendu après avoir remonté le ballon jusqu'au parking et il avait traqué une couleuvre noire dans les feuilles mortes et les ronces, jusqu'au fond du ravin. Selon toute probabilité, il était le premier à s'aventurer jusque-là depuis que les savants avaient renoncé à y découvrir le moindre fragment d'ossement (en dehors des boutons d'os fermant la tige de la bottine de femme, évidemment). Le spectacle du soleil scintillant sur le lac de bitume lui avait fait oublier la couleuvre noire. L'étang, si étrange, si secret, si solitaire, l'avait ensorcelé. Peu importait que les chercheurs de l'université n'aient même pas pris la

 peine de lui donner un nom, c'était quand même le seul lac de bitume de tout l'État.

Au cours des dernières années, Edward en était venu à penser que les techniciens n'avaient tout bonnement pas dragué suffisamment profond et que quelque chose d'extraordinaire reposait bel et bien au fond de la fosse. Mais ce qui le fascinait surtout, dans le lac de bitume, c'était son total isolement et la façon merveilleuse, mystérieuse, dont le soleil en faisait jaillir les trois brillantes couleurs – vert, argent, pourpre – qui moiraient sa surface noire et huileuse. Le miroitement de ces trois couleurs avait quelque chose d'hypnotique. En les regardant, on ne pouvait s'empêcher de rêver.

Ce mardi-là, Edward s'assit sur son siège habituel, sur le chêne mort, et s'abandonna à sa rêverie favorite des après-midi ensoleillés. Comme la plupart de ses rêveries, elle s'inspirait plus ou moins des bandes dessinées qu'il lisait, étant gosse, dans la boutique du coiffeur en face de Carpet City, le magasin de son père. Et si les personnages et les décors s'étaient modifiés au cours des ans sous l'influence des films du dimanche après-midi, le rôle qu'il jouait dans l'aventure n'avait pratiquement pas varié. Tout comme l'édredon défraîchi que sa mère ressortait chaque hiver pour couvrir son lit et qui était orné de farandoles de petits éléphants roses tenant chacun par la trompe la queue du précédent, sa rêverie lui était tellement familière qu'il n'aurait jamais imaginé qu'elle puisse être puérile.

Le scénario débute par l'arrivée d'extraterrestres venus d'une lointaine galaxie pour conquérir notre monde. Ils s'attaquent à l'Amérique, et, partant des côtes, progressent vers l'intérieur des terres. Molebury occupant presque, comme par hasard, le centre du pays, les armées ennemies l'ont choisie comme point de ralliement.

Toutes les grandes villes comme New York, Chicago ou Los Angeles sont tombées aux mains des envahisseurs, sans grande résistance. Il faut dire que ces envahisseurs ne sont pas des soldats ordinaires. Il y en a de trois types différents – les verts, les argentés et les pourpres –, tous dotés de flamboyants yeux rouges et équipés d'un terrifiant assortiment d'armes allant de la hache de guerre moyenâgeuse à des fulgurateurs et des fusées laser qui n'ont pas encore été inventés sur notre globe. Tout ce que peuvent faire les habitants de Molebury, c'est rester à grelotter de peur dans leur salon, les yeux rivés sur l'écran de leur télévision pour suivre la progression du fléau. Quand toutes les stations de télé sont détruites, ils se rabattent sur Pott FM pour écouter les nouvelles à la radio. Et quand Pott FM cesse à son tour d'émettre, cela signifie que l'ennemi a envahi Pottsville, qui n'est qu'à quarante kilomètres de là, et que tous les Moleburiens doivent foncer aux abris.

La famille Small s'entasse dans la fourgonnette de Carpet City pour gagner l'abri le plus proche, au sous-sol du collège. Il arrive parfois qu'un pneu crève pendant qu'ils descendent Summit Street. M. Small est alors obligé de changer la roue, et il se fait vite éliminer par un éclaireur de l'armée ennemie.

Faisant face à l'infortune, Edward prend le volant pour conduire sa mère et sa sœur en lieu sûr. Ils trouvent la cave du collège remplie de voisins terrorisés, pelotonnés les uns contre les autres dans l'attente de l'apocalypse. C'est un sous-sol spacieux, doté de deux escaliers : l'un conduit dans le grand hall et l'autre débouche sur le parking. Bientôt, les portes extérieures se mettent à trembler: l'artillerie ennemie est à pied d'œuvre. Les murs de la cave se lézardent.

La plupart des gens sont trop terrifiés pour proférer la moindre parole... mais pas le vieux Crimmins. Le concierge, qui a la réputation de passer beaucoup de temps dans la cave du collège, est ivre. Il ne s'aperçoit même pas du bombardement. Tout ce qu'il sait, c'est que son chien a disparu. Il monte l'escalier en titubant, déverrouille la porte et sort sur le parking en beuglant:

– Ici, Prince! Où es-tu passé mon garçon? Ici, Pr...

D'en bas, ils aperçoivent la lueur d'un fulgurateur. Les cris avinés cessent.

D'autres incidents malencontreux se produisent, l'effondrement d'un morceau du plafond de la cave, par exemple, qui tombe en disloquant le bras avec lequel Billy Gritch lance les balles. Ou alors, c'est Mme Krumbcutter qui refuse obstinément de quitter la salle 23, au premier étage, et qui se fait massacrer par des soldats ennemis en maraude. Mais quand des pans entiers du plafond de la cave commencent à dégringoler, mettant en danger la vie de sa mère et de sa sœur, Edward n'a plus le choix: il doit passer à l'action.

Tout comme le vieux Crimmins, Edward monte l'escalier et sort sur le parking. Mais là, au lieu de crier, il siffle. Maintenant, les envahisseurs sont partout, perchés sur les cars scolaires et les barrières du parking comme de monstrueux oiseaux colorés. Ils hésitent un instant avant d'ouvrir le feu, surpris par le curieux air que siffle ce garçon aux cheveux noirs : une longue note moyenne, suivie d'une courte note très grave, puis d'une troisième note si aiguë que seuls ceux dont le casque est muni de l'équipement spécial d'audition ultrasonique peuvent la percevoir.

– Yek pensi apelona kann ? demande un soldat pourpre à un camarade vert. Pensi hi petios salopios kann pove ayuteromos ? (Tu crois qu'il appelle son chien ? Ce petit salopard s'imagine vraiment qu'un chien pourrait l'aider ?)

Soudain, le sol se met à trembler. La palissade, derrière le terrain de base-ball, se déchire comme une feuille de papier, et il en sort une créature gigantesque – dressée sur ses énormes pattes arrière, elle mesure près de huit mètres de haut, et sa gueule béante est armée de crocs semblables à des sabres – qui s'élance dans les rangs ennemis.

– Yik ! s'exclament les envahisseurs. Pensi ecu allosaurus ?

C'est bel et bien un allosaure. L'allosaure est le plus féroce de tous les dinosaures (après le tyrannosaure, que tout le monde connaît et auquel il ressemble un peu). En s'approchant d'Edward, l'allosaure marche plus prudemment ; arrivé près de lui, il pose à ses pieds l'extrémité de sa gigantesque queue enroulée en spirale. Edward gravit cet escalier en colimaçon et se juche derrière la tête du dinosaure. De là-haut, il découvre tout Molebury : ses clochers, les cheminées jumelles de la fonderie, le château d'eau, les trois grandes tours de verre abritant les bureaux du centre-ville, le grenier et même l'antenne de

télévision et le chêne de sa propre demeure. Un soldat argenté lui lance un missile à main qui rebondit sur le cou du reptile géant et repart tout droit le pulvériser. Tous les dinosaures ont la peau solide, mais ce que l'ennemi ne peut pas savoir, c'est que le bitume de la fosse dans laquelle vit celui-ci sort en bouillonnant du centre de la terre et le rend invulnérable.

– Vous avez sifflé, Maître ? s'enquiert le dinosaure qui, en dépit de sa taille, possède une toute petite voix flûtée que seul Edward peut entendre.

– Oui, répond Edward en caressant affectueusement le cou de son ami. Je te remercie d'être venu, Alexandre.

– Vos désirs sont des ordres, Maître. Qui sont ces drôles d'étrangers ? Une bande d'imbéciles ?

– Je le crains, reconnaît Edward.

Alexandre n'a pas besoin d'en savoir davantage. A grands coups de queue et de dents, il extermine les soldats assez malchanceux pour se trouver à sa portée. Les autres ouvrent le feu sur lui, mais leurs rayons et leurs projectiles rebondissent sur sa peau et, en quelques minutes, les anéantissent jusqu'au dernier. Les habitants de Molebury sortent de la cave, d'abord un par un, puis en masse. Le gros Henry Forster, qui n'a jamais couru aussi vite, traîne derrière lui le photographe de la *Gazette*. Mais, en tête de la foule en liesse, s'avancent Mme Small, Priscilla et Mary Beth Chalmers et, dès qu'Edward descend de la queue d'Alexandre, elles se jettent sur lui et le couvrent de baisers.

Cet après-midi-là, Edward fit durer la célébration de sa victoire un bon bout de temps. Il n'aimait pas rester dans le ravin trop tard, parce que les moustiques avaient tendance à pulluler à la tombée de la nuit, mais le soleil de mai était encore haut au-dessus des cheminées de la fonderie. De temps en temps, une petite bulle venait crever à la surface du lac de bitume, et les trois couleurs hypnotiques se mettaient à danser pour célébrer l'héroïsme d'Edward Small junior et de son puissant ami.

 HABITUELLEMENT, L'EXALTA-
TION TRIOMPHALE D'EDWARD
SE PROLONGEAIT DURANT
TOUT LE TRAJET DE RETOUR ET
même jusqu'à la fin du dîner. Ce soir-là, pourtant, elle se dissipa vite. Et si l'inventaire de printemps retint M. Small au magasin jusqu'à une heure tardive, épargnant ainsi à Edward de subir à table les questions de son père, du genre : « Comment vont les maths, fiston ? », la perspective de l'exposé du lendemain lui coupa l'appétit.

– Tu n'as pas joué au base-ball, aujourd'hui ? lui demanda Mme Small en remarquant qu'il ne mangeait presque rien.

– Si, répondit Edward, j'ai récupéré les volantes et fait quelques tours de terrain.

– Combien de tours de terrain ? s'enquit Priscilla qui avait le goût de la précision.

– Pas mal.

– Je croyais que tu aimais les oignons dans le pain de viande, mon chéri, dit Mme Small. C'est pour toi que j'en ai mis.

– Oh, c'est super, m'man. Seulement... je ne sais pas pourquoi, mais j'ai l'estomac barbouillé.

Son estomac fut encore plus barbouillé après le dîner, quand il s'assit à son bureau pour développer le schéma de l'exposé qu'il avait ébauché en étude. La meilleure solution, estimat-il, consistait à écrire tout noir sur blanc, mot par mot, en soulignant les passages où il devrait s'interrompre pour inscrire au tableau les équations types. Il acheva son travail vers neuf heures et traversa le palier pour se rendre dans la chambre de Priscilla.

Sa sœur, assise sur sa descente de lit au crochet, se mordillait la lèvre inférieure en examinant les cartes disposées devant elle. A première vue, cela ressemblait à une patience ordinaire, mais Priscilla posa un huit de carreau sur un neuf de cœur, ce qui semblait indiquer qu'il s'agissait plutôt d'une de ses variantes personnelles. Les professeurs de Priscilla ne cessaient de s'extasier sur son don pour les chiffres, et Edward s'était toujours abstenu de lui en faire grief.

– Prissie ? dit-il.

Elle leva joyeusement les yeux.

– Salut. Tu viens faire une partie ?

– J'aimerais avoir ton opinion sur ce truc-là, dit-il en montrant son exposé. D'accord ?

Flattée, Priscilla s'installa sur son lit, adossée à son gros oiseau de peluche rouge. Edward lut son exposé d'une voix

claire, sans le moindre fléchissement. Priscilla l'écouta reli-
gieusement et, lorsqu'il eut fini, elle applaudit et déclara que
cela paraissait très brillant.

– Qu'est-ce qui se passe, là-haut ? cria Mme Small du rez-de-
chaussée. Tu t'es lavé les dents, Prissie ?

Pour Priscilla, l'heure était venue de se coucher. M. Small
rentra à la maison peu après, et Edward dut également se
mettre au lit et éteindre la lumière. Il était fatigué et il faillit
s'endormir, mais, hélas! l'assurance que lui avait donnée sa
répétition se dissipa avant qu'il n'y parvienne. On aurait cru
que quelqu'un augmentait tout doucement le bruit de son
cœur, dont les battements semblaient maintenant provenir de
l'oreiller plutôt que de sa poitrine. Il tapota l'oreiller et se tor-
tilla dans son lit pour trouver un coin frais, mais les draps
furent vite chauds et moites. Il se revoyait
dans la salle de sciences naturelles, et le
squelette, dont la bouche sans lèvres
était, comme cela arrive souvent, affu-
blée d'une cigarette, lui souriait.

Il se redressa et, regardant ses mains,
trouva un ongle qui n'avait pas encore été
rongé jusqu'au sang. Pendant qu'il réparait cet oubli, il entendit
ses parents discuter dans la cuisine. Ils parlaient trop bas pour
qu'il puisse comprendre ce qu'ils disaient, mais sa mère était
sûrement en train de servir le pain de viande réchauffé accom-
pagné de haricots. Son père n'en réclamerait pas une seconde

assiettée, il était trop tard. Il mangerait un bol de compote de prunes pour le dessert, parce que ça facilite la digestion. La télé allumée dans le salon indiquait qu'il était onze heures, l'heure du journal du soir. A onze heures et demie, la télé se tut. La porte de derrière s'ouvrit : son père sortait les poubelles sur le trottoir, le mercredi étant le jour des éboueurs.

Quelques minutes plus tard, Edward entendit sa mère proposer, au pied de l'escalier :

– Tu veux boire quelque chose, Ed ?

– Je ferais mieux d'aller me mettre au lit, répondit son père. La journée de demain risque d'être longue, avec l'ouverture de cette sacrée convention commerciale.

Ses parents montèrent se coucher. Lorsque la lumière du palier s'éteignit, effaçant la ligne jaune sous la porte de sa chambre, Edward faillit appeler sa mère. Lui parler le calmerait-il ? Pourrait-elle lui expliquer pourquoi il avait l'impression que tout l'intérieur de son corps grouillait de chenilles ?

La porte de la chambre de ses parents se ferma. Il aurait bien aimé que sa mère vienne s'asseoir sur le bord de son lit et lui caresse la tête en repoussant les cheveux qui se collaient à son front, mais il n'aurait pas pu lui confier sa peur. Tout bien considéré, c'était déjà assez extraordinaire qu'elle l'aime tel qu'il était, pas costaud, pas beau, ni brillant ni sportif. Il n'allait pas abuser de sa patience en lui avouant que, par-dessus le marché, il était un lâche. Même l'amour d'une mère n'y aurait pas résisté.

Un souffle de vent fit frémir le chêne devant sa fenêtre entre-bâillée. Il ferma les yeux et essaya de toutes ses forces d'imaginer que le bruissement des feuilles n'était autre que les applaudissements des habitants de Molebury, mais il avait si bien pris l'habitude de rêver devant le lac de bitume qu'il était devenu incapable de rêver ailleurs, tout comme beaucoup de gens ne peuvent prier qu'à l'église.

Et le temps passa, il fut de plus en plus tard. De quelque côté qu'il se tournât, les draps étaient toujours chauds et moites. Il commençait à avoir peur de ne plus jamais pouvoir dormir.

Il y avait deux bonnes heures que ses parents étaient couchés lorsque Edward se leva et sortit de sa chambre sur la pointe des pieds. Une faible lueur rose passait sous la porte de Priscilla. Si seulement il n'avait peur que du noir, si seulement une petite veilleuse rose comme celle de Priscilla pouvait résoudre son problème! Il descendit discrètement à la cuisine. La liste des commissions de sa mère et son bloc de papier à lettres étaient posés à côté du téléphone. Il les emporta au premier, alluma la lampe de son bureau et examina la liste. Œufs, côtes de porc, levure, oignons, soda, glace au chocolat... Mais c'était moins les mots qui l'intéressaient que la graphie, la façon de former les lettres. Il prit une feuille du bloc et, en imitant l'écriture de sa mère, écrivit:

Chère madame Krumbcutter,

Edward a une larringyte.

Bien à vous,   Pam Small

Edward relut le mot d'excuse et décida de consulter le petit dictionnaire qui se trouvait dans son cartable. Bien lui en prit : le mot s'écrivait laryngite. Il fit un deuxième faux. Après quoi il redescendit le bloc et la liste des commissions à la cuisine et remonta se coucher, tout cela sans bruit. Miracle ! les draps n'étaient plus ni chauds ni moites. Deux minutes plus tard, il dormait comme un loir.

Le matin, il fut réveillé par le tintamarre des poubelles, mais il resta assoupi, les paupières trop lourdes pour les ouvrir. Au bout d'un moment, la porte d'entrée s'ouvrit et se referma, et son père cria « Bonjour » à M. Witherspoon, le voisin. Deux moteurs démarrèrent : celui de la fourgonnette de son père et celui de la Buick de M. Witherspoon. Finalement, l'arôme du bacon lui fit ouvrir les yeux. Le temps était gris, aucun rayon de soleil ne filtrait par l'interstice des rideaux.

– Toujours pas d'appétit, mon chéri ? demanda Mme Small en voyant Edward rechigner sur son assiette.

Il s'obligea à manger tout son bacon et la plus grande partie de ses œufs brouillés à la ciboulette mais, ne se sentant pas le courage de commencer sa journée en affrontant Billy Gritch, il resta caché derrière le chêne de la cour jusqu'à ce que le grand rouquin fût passé de son allure dégingandée.

Afin de ne pas courir de risques inutiles, Edward décida d'avoir une laryngite pendant toutes les classes de la matinée. Etre incapable de dire un mot pouvait d'ailleurs présenter certains avantages : quand on n'émet que des croassements

rauques, on ne risque pas d'être interrogé. Mais, pendant la première heure de cours, le professeur d'histoire, s'adressant à toute la classe, demanda quel était le premier Européen qui avait visité l'Inde, et Edward, qui savait fort bien que c'était Alexandre le Grand – un nom qu'il ne risquait pas d'oublier, c'était celui de son ami secret le dinosaure –, fut condamné à garder un silence humilié pendant que le professeur leur donnait la réponse avec un soupir résigné.

Après le déjeuner, il enfreignit la loi tacite de l'école et entra dans la salle 23 avant la seconde sonnerie. Comme toujours, Mme Krumbcutter était là, assise à son bureau. Edward lui tendit son mot d'excuse en arborant une grimace affligée. Après l'avoir lu, elle observa attentivement son élève à travers ses lunettes. Pour montrer qu'il avait fait le travail, il sortit son exposé du chapitre 33 de son cartable. Elle le feuilleta en hochant lentement la tête et le lui rendit. Il s'approcha du tableau noir, prit un bâton de craie et écrivit : «Pourriez-vous le lire à ma place, SVP?»

Mme Krumbcutter sourit.

– Je pense que cela doit pouvoir attendre vingt-quatre heures, Edward, que vous ayez retrouvé votre voix.

Et, comme si ce n'était pas suffisamment catastrophique, Mme Krumbcutter rendit la chose publique dès le début de son cours.

– Demain, annonça-t-elle, Edward nous parlera des nombres réels. La leçon d'aujourd'hui sera donc consacrée à l'interrogation écrite et aux devoirs d'hier. Je suis au regret de vous dire que, dans un cas comme dans l'autre, vos copies laissent quelque peu à désirer.

Ainsi, le seul résultat de ses expéditions nocturnes, de ses travaux de calligraphie et de ses insomnies était de repousser le cauchemar, pas de le conjurer. Ce qui semblait d'une injustice flagrante. La journée de classe s'écoula lentement, et les chenilles qui sommeillaient dans l'estomac d'Edward revinrent à la vie.

EDWARD AVAIT RAREMENT EU AUSSI PEU ENVIE DE S'ENTRAÎNER AU BASE-BALL. MAIS, SI ON Y COUPAIT, LE MONITEUR SE RATTRAPAIT la fois suivante en vous faisant courir des triples circuits. Trop fatigué pour récupérer les volantes, Edward décida de tâter de la batte bien que le lanceur fût de nouveau Billy Gritch, qui avait estimé que son bras avait encore besoin d'être échauffé avant d'affronter l'équipe de Pottsville le vendredi suivant. La première équipe s'attardait souvent si longtemps que les tocards de la deuxième équipe ne voyaient jamais venir leur tour. Malheureusement, cela s'était déjà produit la veille, si bien que, cet après-midi-là, le moniteur décréta que les moins bons joueurs tiendraient la batte en premier. Edward fut le troisième à occuper ce poste.

Comme d'habitude, les pans de la chemise de Billy battaient l'air comme les ailes d'un vautour s'abattant sur un mulot. Contre Edward, sa première balle fut une rapide. Le troisième base avait un jour calculé, avec l'aide d'un chronomètre et des notions inculquées par Mme Krumbcutter, que la vitesse initiale des balles rapides de Billy atteignait cent trente-quatre kilomètres à l'heure.

– Qu'est-ce qui vous arrive, Small ? rugit le moniteur. Cette balle est passée au ras de la ligne extérieure de la zone de prise !

Edward était assis par terre au beau milieu du rectangle du batteur.

– Un rayon de soleil dans l'œil, Small ? s'enquit ironiquement Billy Gritch.

Depuis le matin, le ciel n'avait pas cessé de se couvrir et il était maintenant sombre et menaçant.

– Je n'ai pas suffisamment dormi la nuit dernière, marmonna Edward en se relevant et en secouant la poussière de son fond de culotte.

– Enfin, ta laryngite est guérie, c'est déjà ça, ricana Billy. La mère Krumb-truc va être ravie de l'apprendre.

Billy rattrapa le lob que lui renvoyait ce plouc de receveur, et Edward regretta que la butte sur laquelle se tenait le lanceur ne fût pas un trou de trente mètres de profondeur habité par un serpent à sonnettes. Néanmoins, il s'arc-bouta et serra les dents avec détermination. Le deuxième lancer fut la célèbre balle liftée qui, comme toujours, sembla chercher la tête d'Edward comme un missile téléguidé.

Cette fois, le seul commentaire du moniteur fut un soupir écœuré, mais Edward, en se relevant une fois de plus, entendit le vieux Crimmins glousser depuis la ligne des balles fautes comme une poule à l'heure de la pâtée. Les joues d'Edward s'empourprèrent. « Encore huit lancers, songea-t-il tristement, avant que je puisse aller au ravin. »

Pendant une seconde, il crut que le receveur, bien connu pour ses jets de salive qui n'épargnaient même pas les salles de classe, lui avait craché dessus pour le punir d'être aussi froussard. Mais non, ce n'était qu'une grosse goutte de pluie, en plein sur son nez. Une autre tomba sur le sommet de son crâne, à l'endroit où il espérait de tout son cœur ne jamais devenir chauve comme son père. Des ronds sombres aussi larges que des pièces de monnaie parsemèrent la poussière du circuit des bases, et puis les écluses célestes s'ouvrirent toutes grandes.

– Mince, dit le receveur en reprenant la position verticale, c'est un vrai déluge.

– Tout le monde rentre, les gars ! cria le moniteur. N'oubliez pas les bases !

C'était effectivement un vrai déluge. Billy lui-même, malgré ses longues jambes, fut trempé jusqu'aux os avant d'atteindre le gymnase. Ils n'en devancèrent pas moins l'équipe féminine de soft-ball qui avait la rue à traverser, et l'arrivée des filles aux cheveux ruisselants fut allégrement conspuée par les garçons réfugiés sous le porche. Mais leur entrain s'effondra lorsqu'ils virent les mares se multiplier sur le terrain de jeu. Au bout d'une demi-heure, le moniteur annonça d'un air maussade :

– Ça suffit les gars, l'entraînement est terminé pour aujour-d'hui. Espérons qu'ils ont le même temps à Pottsville...

Toute l'équipe protesta avec ensemble contre cette saleté de pluie, à l'exception du receveur, dont le père cultivait du maïs et qui parut l'apprécier autant qu'Edward. Et la chance d'Edward continua : lorsqu'il fut douché et changé, la pluie cessa brusquement. Il s'esquiva comme d'habitude vers la vieille voie ferrée.

Seulement, le sentier descendant dans le ravin était trop boueux pour être praticable. Et Edward ne se souvenait que trop bien comment sa mère lui avait sauvé la vie le jour où la glaise de ce sentier était venue souiller l'orgueil et la joie de son père : le tapis du vestibule. Tout râpé et tout décoloré qu'il fût, ce tapis était le seul bien matériel auquel tenait vraiment M. Small. Ça s'appelait un Boukhara et c'était une antiquité, ou quelque chose du genre.

Depuis qu'il avait frôlé la catastrophe – Mme Small avait finalement réussi à faire disparaître les traces de boue avec un chiffon et un produit miracle –, Edward s'efforçait de ne jamais poser le pied sur le tapis, même avec des chaussures propres, mais il lui arrivait parfois d'oublier et il préférait ne pas courir de risques.

Toutefois, on pouvait descendre dans le ravin par un chemin empierré construit de l'autre côté de l'agglomération, bien des années auparavant, pour le dragage de la fosse, et qui était maintenant envahi par les broussailles.

Edward contourna la tréfilerie, passa devant le bassin que la pluie avait empli à ras bord, et prit Waverly Avenue. Devant lui, trois filles marchaient sur le trottoir. En se rapprochant d'elles, il reconnut Mary Beth Chalmers et ses gardes du corps, comme on surnommait ses deux meilleures amies, une grande maigre et une petite grosse. Les gardes du corps étaient en blue-jean alors que Mary Beth portait une jupe plissée assez longue qui ondoyait dans le vent. Bien que le soleil fût caché, la lumière semblait se réfléchir sur son éblouissante chevelure d'or blanc, et Edward la reçut en pleine poitrine comme une décharge électrique.

– Monte, fiston.

Edward sursauta. La fourgonnette Carpet City était venue se ranger à sa hauteur, le long du trottoir.

– Oh, salut, p'pa. Je... je vais à la bibliothèque.

La bibliothèque municipale se trouvait au coin de Church Street, à trois cents mètres de là.

– Monte, fiston, répéta son père. Je suis sorti spécialement pour te ramener à la maison.

Que son père se soit inquiété à l'idée qu'il ait pu se faire rincer par l'averse était assez touchant. Edward contourna la camionnette, ouvrit la portière et s'assit sur le siège du passager. Le véhicule empestait le shampooing à moquette, Carpet City assurant aussi bien l'entretien que la vente et la pose. Il y avait plusieurs rouleaux de moquette à l'arrière, enveloppés de papier kraft et entourés de grosse ficelle velue.

– Merci d'avoir pensé à moi, p'pa. Je suppose que c'est à cause de la pluie ?

– Ta mère m'a téléphoné au magasin, fiston. (Au lieu de desserrer le frein à main, M. Small pivota sur son siège.) Ton prof de maths lui a téléphoné au sujet d'un mot d'excuse que tu as apporté au collège cet après-midi. Ta mère n'a pas su quoi lui

répondre, alors elle lui a promis de la rappeler et elle m'a téléphoné. Je me demandais si tu pourrais éclaircir ce mystère.

M. Small avait un visage rond assez quelconque, des yeux rapprochés et un front dégarni. Il était toujours très soigné de sa personne mais, à cette heure de la journée, sa barbe noire commençait à lui bleuir les joues, ce qui leur donnait un aspect sale. Le regard inquisiteur qu'il fixait maintenant sur Edward était loin d'être rassurant.

– Je... j'ai cru que j'avais une laryngite, dit Edward sans lever les yeux du E. Small rouge brodé au-dessus de la rangée de stylos garnissant la poche de poitrine de la blouse paternelle.

– Moi, tu me fais l'effet d'être en pleine forme, dit M. Small en posant sa main sur l'épaule d'Edward. Tu sais, Eddie, être obligé de se lever et de prendre la parole en public, ça fait peur à tout le monde. Mais la peur est une chose bizarre. Elle ne se développe que dans les coins sombres, comme l'intérieur de ta tête. Le truc, c'est de l'exposer en pleine lumière : tu dois cesser de te tourmenter et passer à l'action. A ce moment-là, le plus dur est fait.

Edward détestait qu'on l'appelle Eddie. Et quel besoin avait eu Mme Krumbcutter de parler de l'exposé à sa mère ? Mary Beth et ses gardes du corps remontaient le trottoir en sens inverse, plongées dans un magazine. Edward se tassa sur son siège. Il ne voulait pas qu'on le voie dans la camionnette Carpet City de son père.

– Tu te souviens du lac, cet été, dans le Minnesota ? reprit M. Small. Quand tu refusais de sauter du bout du ponton ? Jusqu'au jour où ton cousin Jed t'a poussé à l'eau... Eh bien, dans la vie, on est parfois obligé de se pousser soi-même.

Edward serrait la poignée de son cartable, tellement fort que ses doigts étaient tout blancs. Pourquoi son père partait-il du principe qu'il avait peur ?

– Ce n'est pas que j'aie peur, p'pa. C'est seulement... que c'est tellement rasoir, les maths... une telle perte de temps...

La main se retira de son épaule.

– Tu ne sais pas de quoi tu parles, Edward. Attends d'être autonome et de devoir gagner ta vie pour déclarer que les maths sont une perte de temps.

– Je n'ai pas l'intention de passer toute mon existence à mesurer de la moquette.

– Il ne s'agit pas de cela, dit M. Small dont les joues viraient au rouge derrière le bleu de la barbe naissante. Tu comptes toujours étudier la paléontologie à l'université ?

Edward hocha affirmativement la tête.

– Eh bien, je suis désolé de te le dire, Edward, mais cela prouve que tu es bien mal renseigné.

– Je sais que la paléontologie est l'étude des fossiles, rétorqua sèchement Edward en songeant que son petit bonhomme de père avait les idées aussi courtes que la taille. Mais ma décision n'est pas encore définitive, ajouta-t-il. En fin de compte, je finirai peut-être sénateur ou autre chose. On ne peut pas savoir.

– Ce qu'on peut savoir, c'est que la paléontologie est une science et que tous les scientifiques doivent avoir un certain bagage mathématique. Quant à la politique, est-ce que ce ne serait pas une bonne préparation d'apprendre à parler en public ?

Par la vitre, Edward regarda les cheminées de la fonderie, qui se dressaient au-dessus du ravin. Chaque minute de cette fastidieuse conversation était une minute de moins à passer au lac de bitume. Mais quand il voulut ouvrir la portière de la camionnette, M. Small se pencha devant lui et la referma, l'empêchant de filer.

EDWARD NE DESSERRA PAS LES DENTS DURANT TOUT LE TRAJET DE RETOUR. QUAND M. SMALL DESCENDIT DE VOITURE POUR SE diriger vers la porte d'entrée, Edward, lui, gagna la porte de derrière. Il entra dans la cuisine où sa mère déballait les provisions. Il éprouva un curieux désir de se jeter dans ses bras, comme un môme, mais le regard déçu qu'elle lui lança l'arrêta pile dans son élan.

– Qu'est-ce que tu... commença-t-il.

Sa mère ouvrit le congélateur pour y ranger un paquet de petits pois surgelés, et la vapeur qui s'en échappa brouilla ses jolis traits.

– J'ai dit à Mme Krumbcutter que je t'avais donné un mot d'excuse... mais que j'étais persuadée que tu serais rétabli demain.

– Tu as fait ça ? Alors là, m'man, je te remercie.

Elle lui avait à nouveau sauvé la vie.

– Bon, eh bien... monte dans ta chambre, mon chéri, et travaille à ton exposé de demain.

Il monta docilement au premier, bien qu'il n'ait pas à travailler à l'exposé qui était déjà entièrement rédigé. Lorsqu'il passa devant la porte de Priscilla, elle leva gaiement les yeux des cartes étalées sur sa descente de lit au crochet.

– J'apprends un nouveau jeu, Edward. Tu veux faire une partie ?

Elle, au moins, il l'avait habituée à ne pas l'appeler Eddie.

– Pourquoi n'as-tu pas fait ton exposé ? Il était drôlement chouette.

Edward se détourna en haussant les épaules. Il n'était pas d'humeur à subir un interrogatoire de la part de sa petite sœur qui n'avait jamais eu à affronter des épreuves telles que des balles rapides à cent trente-quatre kilomètres à l'heure ou des salles pleines de condisciples ricanants. Allongé sur son lit, son livre d'histoire appuyé contre ses genoux repliés, il contemplait sans la voir une illustration représentant Hannibal franchissant

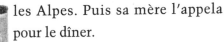

les Alpes. Puis sa mère l'appela pour le dîner.

Le repas ne fut pas des plus agréables. Il sentait qu'il causait une nouvelle déception à sa mère en ne faisant pas honneur à sa cuisine, mais il avait l'estomac trop serré pour avaler quoi que ce fût. Le mieux qu'il put faire fut de cacher quelques petits pois et un peu de sauce aux pommes sous sa côte de porc panée ; sa mère, toutefois, ne parut pas s'en apercevoir. Elle était bien trop préoccupée par le sort de son père, qui devait passer la nuit dehors, à l'Holiday Inn de Pottsville.

– Si tu veux savoir, cette soirée est le pire moment de toute la convention commerciale, bougonna M. Small en balayant les miettes tombées sur son set de table. On est obligé de faire des mondanités. Il y en a qui doivent siffler plus d'un litre de whisky.

– Quand même pas en une seule soirée, Ed, dit Mme Small.

– Je te garantis que si. Et après la conférence, c'est les conciliabules, et ça se termine en beuverie. Je sais bien que la moquette du bar est 100% polyamide sur thibaude, en PVC et que ça se nettoie à l'eau tiède, mais tout de même...

L'appétit d'Edward ne s'améliorait pas mais, tout en poussant sa viande d'un bord à l'autre de son assiette, il eut la bonne idée de se porter volontaire pour la vaisselle. C'était faire d'une pierre deux coups. D'abord, c'était une façon de témoigner sa gratitude à sa mère, et puis, comme il avait les bras plongés jusqu'aux coudes dans l'eau mousseuse, cela le dispensait de serrer la main de son père pour lui dire au revoir. Et même si le récurage des plats et des casseroles était un peu moins distrayant qu'une séance de cinéma, cela l'empêchait quand même de penser à ses soucis pendant quelque temps.

Priscilla n'avait aucun goût pour les soins du ménage, mais elle était prête à essuyer les assiettes s'il promettait de jouer aux cartes avec elle. Il accepta ce marché avec joie. Tout plutôt que de songer à la journée du lendemain.

Dans sa chambre, Priscilla sortit pour l'occasion son beau jeu, celui dont les cartes étaient ornées, au dos, de dessins d'oiseaux d'Audubon. En s'asseyant sur la descente de lit au crochet, Edward lui demanda ce qu'elle préférait : rami ou canasta ?

– Poker, répondit Priscilla en battant les cartes.

– Poker ? Depuis combien de temps sais-tu jouer au poker, Prissie ?

– Depuis que j'ai appris toute seule. Et toi, tu sais y jouer ?

– Bien sûr que je sais, mais toi...

– Parfait. Défausse ou stud. Ouverture à un penny, relance limitée à un nickel, trois relances maxi.

L'idée que sa petite sœur jouait au poker pour de l'argent le fit sourire mais, apparemment, elle avait au moins quelques notions du jeu. Il alla chercher de la monnaie dans sa chambre. La cassette où il rangeait l'argent de sa semaine était posée sur son bureau.

Dessus, dans un écrin doublé de velours rouge, trônait la pièce d'or de deux dollars ornée d'un aigle aux ailes déployées, et datant de 1874, qu'il avait héritée de son grand-père. Il souleva l'écrin, ouvrit la cassette et en sortit un dollar en pièces de un, cinq et dix cents.

Vingt minutes plus tard, il dut retourner à sa cassette. Priscilla avait gagné sept parties sur huit, dont deux par un flush à l'as ! Tout aussi agaçante était la façon qu'elle avait d'abattre ses cartes une par une quand il demandait à voir, comme si elle avait du mal à s'en détacher. N'empêche que le vent de la chance finirait bien par tourner.

– Si tu préfères, Edward, on peut jouer avec des allumettes, proposa Priscilla un quart d'heure plus tard en étalant, un par un, trois six qui battaient la paire de dames de son frère. Ça m'ennuierait de te prendre toute ta semaine.

– T'inquiète pas pour ça, marmonna Edward en tripotant les sept cents qui restaient de son deuxième dollar. Tu es obligée d'abattre tes cartes de cette manière, Prissie ?

– Excuse-moi, c'est un tic.

Il investit un troisième dollar, ce qui laissait dans sa cassette un peu moins que le prix de la place de cinéma du samedi. Lorsque ce troisième dollar commença à fondre entre ses doigts, son dépit s'accentua. Comme si tout n'allait pas déjà suffisamment mal sans être obligé de regarder sa sœur lui rafler tout son argent et l'empiler en petits tas bien nets sur sa descente de lit !

Son troisième dollar s'était réduit à onze cents lorsqu'il eut enfin un peu de chance. Priscilla lui servit une paire de rois, et il en tira un troisième en demandant des cartes. Il misa le maximum : un nickel. Priscilla se mordilla la lèvre et relança d'un nickel. Il couvrit son enjeu et relança d'un penny, son dernier.

– Fais voir ton jeu, dit-il avec brusquerie avant qu'elle ne songe à faire une ultime relance.

Elle étala le six de carreau, le sept de trèfle, le huit de trèfle, le neuf de pique et, enfin, le dix de carreau.

– Désolée, Edward, dit-elle en lui prenant son argent.

Edward lança ses cartes en l'air. L'une d'elles atterrit sur le ventre de l'oiseau en peluche rouge, sur le lit ; une autre retomba sur sa propre tête, exactement à l'endroit où, quelques heures plus tôt, était tombée la goutte de pluie.

– Je suppose qu'il est temps d'arrêter ? suggéra humblement Priscilla en ramassant les cartes éparpillées.

– Arrêter ? Il n'est pas question d'arrêter. Il faudrait que j'aie perdu ma pièce d'or pour arrêter !

– Ta pièce d'or ?

Priscilla avait toujours admiré l'aigle aux ailes déployées figurant sur la pièce d'or. Mais Edward n'en était pas encore réduit à cette extrémité. Il remit en jeu un nouveau quarter.

Pour la partie suivante, c'était lui qui avait la donne et il choisit le stud à sept cartes : deux cartes retournées suivies de cinq cartes découvertes. Pendant que Priscilla regardait ses cartes cachées, Edward retourna le jeu dans sa main et s'aperçut que la dernière carte était une dame. Or, l'une de ses deux cartes cachées était également une dame.

Chaque fois qu'il distribuait une nouvelle carte découverte, Priscilla revérifiait ses deux cartes retournées comme si elle ne les avait encore jamais vues, en mâchonnant sa lèvre inférieure pour mieux se concentrer. Edward n'eut donc pas grand mal à glisser dans sa manche de chemise la dame se trouvant sous le paquet, et il lui fut tout aussi facile d'échanger celle-ci contre la carte retournée qui ne lui servait à rien. Cette dame lui fut d'autant plus utile qu'elle lui permit finalement de former deux paires, lesquelles battirent la paire d'as de Priscilla. Et l'on pouvait difficilement considérer cela comme une tricherie, alors que sa sœur avait bénéficié, depuis le début, d'une veine positivement incroyable.

Une heure plus tard, lorsque Mme Small appela d'en bas pour savoir si Priscilla s'était lavé les dents, Edward avait récupéré tout son argent. La soirée lui avait même rapporté soixante-cinq cents.

– J'ai l'impression que c'est la dernière partie, hein? demanda tristement Priscilla.

Elle tendit le jeu à son frère, car c'était à lui de donner, et le contact de cette petite main, encore un peu potelée comme une main de bébé, avec des jointures creusées de fossettes, serra brusquement le cœur d'Edward. Quoi qu'il arrive, il perdrait cette partie-là. Il avait déjà souhaité perdre la dernière fois qu'il avait eu la main... mais échanger l'une de ses cartes contre une meilleure était vraiment trop facile pour que l'on puisse résister à la tentation. Et, dans tous les domaines, il lui arrivait tellement rarement de gagner...

Il choisit la défausse à cinq cartes. Après avoir donné, il retourna le jeu par habitude. La dernière carte était le dix de trèfle.

– Trois cartes, demanda Priscilla.

Il regarda à peine ses propres cartes et en défaussa également trois. Mais il se produisit alors une chose extraordinaire. Il se retrouva avec une dame, un valet, un neuf et deux huit. Il lui suffirait d'échanger l'un de ces huit contre le dix du talon pour avoir une quinte !

Bien entendu, il n'en était pas question, mais, avant de reposer le jeu, il ne put résister à l'envie de glisser le dix dans sa manche... pour le cas où il changerait d'avis.

– A toi d'ouvrir, Prissie.

Les yeux de Priscilla se détournèrent de ses cartes, ses dents lâchèrent sa lèvre inférieure, qui était maintenant aussi rouge que le gros oiseau en peluche, et ses petits doigts potelés déposèrent trois pennies dans le pot.

Edward sourit.

Il s'était ressaisi : cette fois, il ne tricherait pas.

Mais il relança quand même d'un nickel, pour que sa sœur gagne davantage.

– Je renonce, dit-elle en posant ses cartes avec un gros soupir.

– Mais c'est impossible, Prissie, tu ne peux pas renoncer !

– Pourquoi ?

– Parce que c'est la dernière partie, dit-il en lui rendant ses cartes.

– Edward... qu'est-ce que c'est que ça ?

– Quoi ?

– Ça !

Il tourna les yeux vers le point qu'elle désignait. Un coin du dix de trèfle dépassait de son poignet de chemise.

– Rien, dit-il en le repoussant.

Elle tendit la main vers lui et il recula vivement son bras.

– C'est une carte, Edward ! Le dix de trèfle ! Je l'ai vu ! Tu trichais ?

– Crie pas comme ça, Prissie, tu vas réveiller la rombière.

Le voisin, M. Witherspoon, vivait avec sa mère, une veuve de quatre-vingts ans qui n'avait plus de dents mais qui avait des palpitations et se couchait à sept heures du soir. Sa chambre était située juste en face de celle de Priscilla. Son cri fournit une excuse à Edward pour se lever et aller fermer la fenêtre. Son père avait retiré les doubles fenêtres hivernales mais, heureusement, il avait été trop occupé, pendant le dernier week-end, pour poser les moustiquaires : le dix de trèfle s'échappa de la manche d'Edward et voleta au clair de lune. Un souffle de brise le fit passer au-dessus de la balançoire et franchir la clôture pour atterrir sur le tas de terreau des Witherspoon.

– Ramasse tout ! glapit Priscilla derrière son dos en poussant le dernier pot sur sa cave.

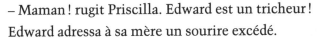

Maintenant, il n'avait plus tellement envie de cet argent, mais le refuser serait un aveu de culpabilité... et il avait pourtant essayé de perdre la dernière partie... Il venait d'empocher l'argent lorsqu'il entendit la porte s'ouvrir et se redressa.

– Maman ! rugit Priscilla. Edward est un tricheur !

Edward adressa à sa mère un sourire excédé.

– Il a mis le dix de trèfle dans sa manche ! pleurnicha Priscilla. Force-le à te montrer, maman !

Edward leva les yeux au ciel, déboutonna ses deux poignets et secoua ses manches.

– Tu ne crois quand même pas que ton grand frère irait tricher avec toi, chérie ? avança Mme Small.

Edward commençait à ne plus oser regarder sa sœur dont le joli visage était tout bouffi par les larmes.

– Il a eu peur que je lui gagne sa pièce d'or, hoqueta Priscilla entre deux sanglots. Alors il a triché !

– Ce n'est sûrement pas vrai, Edward, dit Mme Small.

Comment pourrait-il décevoir une fois de plus sa mère ?

– Je ne demande pas mieux que de lui rendre son argent, proposa-t-il.

– Je n'en veux pas ! Regarde s'il y a un dix de trèfle dans le jeu !

– Si je le fais, tu arrêteras de pleurer, chérie ? demanda Mme Small.

Priscilla acquiesça en hochant vigoureusement la tête et en plantant sauvagement ses dents dans sa malheureuse lèvre inférieure. Mme Small ramassa les cartes et commença à les retourner une à une. Edward battit en retraite vers la porte. Il aurait presque souhaité se trouver devant la classe de maths, en train de faire son exposé.

Lorsque sa mère eut trié le jeu à deux reprises, le masque de la déception assombrit son ravissant visage.

– Effectivement, il n'y est pas. Oh, Edward, comment as-tu pu être assez mesquin pour tricher avec ta petite sœur ?

– Il a eu trois quintes et un carré ! sanglota Priscilla.

– Franchement, Edward, tu devrais avoir honte.

Alors qu'il s'en était fallu d'un cheveu qu'il ne laisse sa sœur ramasser le dernier pot de la soirée ! Mais c'était trop tard. Maintenant, sa mère elle-même était contre lui. Il sortit à reculons, traversa le palier et s'enferma dans sa chambre.

DOUBLEMENT FATIGUÉ PAR LE MANQUE DE SOMMEIL DE LA NUIT PRÉCÉDENTE, EDWARD SE COUCHA SANS MÊME FERMER LES RIDEAUX, MAIS IL ÉTAIT TROP BOULEVERSÉ POUR s'endormir. Pourquoi diable avait-il triché ? Etait-ce parce que sa sœur était l'une des rares personnes qu'il ne redoutait pas, et qu'il voulait conserver son ascendant sur elle ? Quoi qu'il en soit, sa mère avait raison : il s'était vraiment mal conduit.

Mais, même si c'était moche d'avoir fait pleurer sa petite sœur, Edward ne pouvait penser qu'à lui-même. En réalité, ce n'était pas la honte qui l'empêchait de dormir, c'était la peur, la même que la veille, la peur de faire son exposé. Sincèrement, il jouait de malchance. Billy Gritch et le vieux Crimmins s'étaient moqués de lui à l'entraînement, l'averse l'avait trempé comme une soupe, il s'était laissé piéger dans la four-gonnette et avait dû écouter son père lui dire qu'il ne comprenait rien à rien, sa mère l'avait réprimandé et, pour couronner le tout, la menace de l'exposé était toujours suspendue au-dessus de sa tête.

Lorsqu'il eut entendu sa mère gagner sa chambre, il alluma sa lampe et se plongea dans *L'Age des dinosaures*. Pendant quelques minutes, le livre fidèle exerça sa magie habituelle. Les pages familières transportaient Edward à la fascinante époque où la terre était peuplée de reptiles gros comme des églises et où personne n'avait à rougir de sa petite taille. Mais le sortilège ne dura guère. Ses pensées ne tardèrent pas à dériver du passé préhistorique à l'avenir immédiat, à la journée du lendemain où, tremblant et aphone, il lui faudrait affronter ses camarades de classe.

Il se releva, enfila ses vêtements par-dessus son pyjama et chaussa ses baskets. Il descendit en catimini au rez-de-chaus-sée et prit la lampe-torche sous l'évier de la cuisine. Par la faute de son père, il avait été privé de sa visite quotidienne au lac de bitume. C'était peut-être cela qui lui manquait.

Comme il l'avait remarqué en se débarrassant du dix de trèfle par la fenêtre, le ciel s'était dégagé et, quand il descendit Summit Street, le clair de lune était si lumineux que son ombre le précédait sur le trottoir. La circulation était quasiment nulle, même sur Waverly Avenue. D'après l'horloge du clocher de l'église méthodiste, il était près de minuit.

Depuis que les hauts fourneaux de la fonderie s'étaient éteints, il n'y avait plus d'équipe de nuit aux Aciéries et

Tréfileries de Molebury, et si le bassin de la façade était éclairé, l'usine elle-même n'était qu'une grosse masse noire se profilant sur le ciel étoilé. Edward traversa le parking désert, derrière le bâtiment. Un bruit de cliquetis métallique lui donna la chair de poule, mais il s'agissait certainement d'un chat fouillant dans une poubelle.

En arrivant au sentier du ravin, il alluma sa torche. Le faisceau blanchâtre dansant sur les arbres lui rappela le bâton de craie de Mme Krumbcutter virevoltant sur le tableau noir, mais cette déplaisante pensée fut rapidement chassée par les embûches du sol boueux sur lequel il glissait et perdait constamment l'équilibre, ce qui l'obligeait à se cramponner de sa main libre aux branches et aux broussailles. L'obscurité semblait rendre le chemin plus escarpé et les bruits plus étranges, plus inquiétants.

– Tu ne vas pas commencer à paniquer, se sermonna-t-il à haute voix, alors que la bête sauvage la plus dangereuse de ce pays est le chien de prairie.

Il finit par atteindre le fond, le cercle de végétation rabougrie entourant le lac de bitume. Là, il n'eut même plus besoin de lampe : la lune le contemplait d'en haut comme un gros visage rond, amical et curieux, encadré par les deux hautes cheminées dominant le ravin. Edward s'assit sur le siège usé, creusé dans le tronc du chêne abattu. Toute brillante qu'elle fût, la lune ne pouvait pas allumer les reflets habituels – vert, argent et pourpre – à la surface de l'étang, mais la seule odeur du bitume

était déjà apaisante. Sous la lumière argentée, le lac noir prenait une nuance bleutée, comme les plumes d'un étourneau. Au bout d'un instant, le bitume se mit à glouglouter, et lorsqu'une bulle de gaz vint crever à la surface, Edward s'imagina que c'était Alexandre qui rotait après s'être gavé d'envahisseurs extraterrestres.

Edward glissa dans une de ses rêveries coutumières. Etre un héros fit le plus grand bien à ses nerfs. Quand on est assez courageux pour affronter un million de monstres aux yeux rouges, comment pourrait-on avoir peur de deux douzaines de camarades ? En levant les yeux vers la lune, il eut l'impression qu'elle lui souriait. Lorsqu'il lui rendit son sourire, sa bouche s'ouvrit en un large bâillement. Il était temps de rentrer se coucher.

Soudain, le lac de bitume émit un monstrueux borborygme, si inattendu qu'Edward en tomba de son siège, à la renverse, comme dans le rectangle du batteur.

Il se releva d'un bond. L'éclatement de l'énorme bulle faisait courir des ondes concentriques à la surface de l'étang, mais ce n'était pas tout. Quelque chose émergeait du bitume. Edward alluma sa torche. Quelle qu'elle fût, la chose commençait à s'enfoncer dans le liquide noir. Il fourra la torche dans sa poche revolver, ramassa une branche et pataugea jusqu'aux chevilles dans le bitume.

Il parvint à accrocher la chose avec son bâton et à la ramener sur la rive. C'était long comme une batte de base-ball, aplati, légèrement incurvé et entièrement recouvert de bitume. La chose serait-elle remontée des profondeurs de la fosse, entraînée par la force ascendante de la grosse bulle ? Edward retira sa chemise et se dépouilla de sa veste de pyjama dans laquelle il emballa la chose avant de la caler sous un de ses bras. Il put ainsi tenir la torche d'une main et de l'autre se cramponner aux branches pour remonter le sentier glissant.

Une fois sorti du ravin, il fit le tour de l'usine et alla laver sa découverte dans le bassin illuminé. Le bitume s'accrochait avec obstination. Edward entreprit de gratter la chose contre l'une des buses immergées. Le jet d'eau qui en jaillissait contribua à décoller la couche de bitume. Des plaques lisses et blanches ne tardèrent pas à se dévoiler, ce qui était pour le moins surprenant. Comment quelque chose d'aussi blanc avait-il pu sortir d'un endroit aussi noir que le lac de bitume ?

Un grand morceau de bitume se détacha. Brusquement, trois dents, longues comme des lames de canif, apparurent! C'était une mâchoire, mais une mâchoire beaucoup trop grande pour avoir appartenu à un cheval ou à un bœuf. Et, bien que cette région des Grandes Plaines ait été jadis fréquentée par des bisons, cette mâchoire – ou cette partie de mâchoire – était beaucoup trop longue pour avoir pu appartenir à un bison.

Le cœur d'Edward battait à tout rompre. Et s'il avait découvert un os de dinosaure, un vrai dinosaure, ici, à Molebury? Il remballa la chose dans sa veste de pyjama et reprit le chemin de la maison. C'est sa mère qui allait être épatée quand il la réveillerait au beau milieu de la nuit pour lui montrer un authentique fossile! Elle croirait probablement faire un rêve.

Mais le souvenir des derniers mots de sa mère l'arrêta. Au fond, faire part de sa découverte à sa famille sans plus attendre n'était peut-être pas une très bonne idée. Peut-être serait-il préférable de contacter d'abord des paléontologistes de l'université. Il imagina sa mère apprenant l'événement par une autre voie, en lisant la *Gazette* hebdomadaire de Molebury, par exemple. A ce moment-là, elle changerait probablement d'avis: elle ne lui dirait plus qu'il devrait avoir honte.

Il retourna au ravin et cacha l'os, dans un trou du tronc creux couvert de moisissure qui barrait le sentier à mi-hauteur. Cela fait, il promena le faisceau de sa torche sur les arbres. Il s'habituait à l'obscurité. Le bois n'était plus aussi inquiétant. En fait, c'était plutôt amusant de faire une découverte sensationnelle alors que tous les habitants de Molebury dormaient sur leurs deux oreilles. Et si la turbulence qui avait agité le lac de bitume cette nuit était un phénomène qui ne se produisait qu'une fois tous les cent ans ? Et si un autre fossile, la seconde moitié de la mâchoire par exemple, était en train de faire surface en ce moment même, avant de replonger dans les profondeurs visqueuses pour un autre siècle ?

Edward dévala le sentier jusqu'à la clairière. Il retrouva le bâton dont il s'était servi et, en s'appuyant dessus comme sur une canne, il s'avança dans le bitume. La torche, inutile avec le clair de lune, regagna sa poche. Parfaitement immobile, il surveilla la surface bleutée, comme un héron guettant sa proie. Le bitume aussi était immobile. Rien ne bougeait. Les feuilles du bois ne bruissaient pas, les criquets se taisaient.

Un nuage cacha la lune, plongeant la clairière dans les ténèbres. Edward sortit la torche de sa poche comme un cowboy dégainant son Colt mais, au moment où il appuyait sur le bouton, l'étang eut un renvoi encore plus bruyant, encore plus terrifiant que le premier. Edward lâcha sa lampe. Le bitume avala le faisceau lumineux.

Edward battit en retraite à reculons comme si on lui braquait un pistolet sur le cœur. Au-dessus de sa tête, le ciel était aussi noir que l'étang dans lequel il pataugeait. Le bitume lui collait aux pieds comme s'il cherchait à l'engloutir. Edward pivota sur ses talons et s'enfuit. On eût dit que tous les diables de l'enfer étaient à ses trousses.

Cinq minutes plus tard, il courait toujours. Il remonta Summit Street en haletant, la chemise déchirée à deux endroits par son escalade éperdue du sentier, les mains cuisantes d'éraflures, les genoux de son pantalon verts de mousse. La lune brillait de nouveau, plus lumineuse que tous les lampadaires, mais pour rien au monde il ne serait retourné dans le ravin cette nuit-là.

Il ne s'arrêta qu'en arrivant devant sa porte. Il la referma sans bruit derrière lui et monta l'escalier sur la pointe des pieds, dans le noir. Une fois en sécurité dans sa chambre, il se déshabilla complètement. Il débarrassa ses baskets d'une partie du bitume qui les engluait en les grattant avec un crayon et jeta ses chaussettes auxquelles aucun lavage ne rendrait jamais leur teinte originelle. Après avoir entassé le reste de ses vêtements dans le fond de son placard, il se glissa dans son lit. Edward aurait dû être éreinté, mais son lit avait beau être douillet, il ne put trouver le sommeil. Si ses jambes s'étaient arrêtées de courir, ses pensées galopaient toujours. Comment, pour l'amour du ciel, allait-il expliquer la disparition de la lampe-torche et de sa veste de pyjama ? Et la chemise déchirée ? Il pouvait à la rigueur escamoter une paire de chaussettes, mais pas une chemise.

Et puis, dans moins de douze heures maintenant, il y avait toujours l'exposé de maths.

QUELQU'UN LE SECOUAIT DOUCE-
MENT PAR L'ÉPAULE. IL OUVRIT
PÉNIBLEMENT LES YEUX. SA MÈRE
LUI SOURIAIT.

– Huit heures moins le quart, petite marmotte.

Il se redressa en se frottant les paupières. Habituellement, il se réveillait tout seul, mais son père étant à Pottsville, la porte d'entrée ne s'était ni ouverte ni refermée, et les éboueurs ne passaient pas le jeudi. En vérité, Edward ne s'était pas endormi avant que le spectre d'une aube blafarde n'apparût derrière ses carreaux. Et maintenant, il faisait toujours gris. Encore une triste journée en perspective. Le nuage qui avait obscurci la lune pendant la nuit avait amené des copains.

Il s'habilla dans une espèce de brouillard et, guidé par l'odeur du bacon, titubant sous le poids de son cartable, il descendit au rez-de-chaussée. Le bacon était grillé à point, mais sa mère avait négligé de parsemer ses œufs brouillés de ciboulette. Pour le punir d'avoir triché avec Priscilla, peut-être ? Pourtant, quand vint l'heure de partir pour l'école, elle l'accompagna jusqu'à la porte de derrière et l'embrassa.

– Je croiserai les doigts pour toi pendant ton exposé, lui chuchota-t-elle à l'oreille.

– Merci m'man, répondit-il sans conviction.

Il se cacha derrière le chêne pour éviter Billy Gritch et, durant toutes les classes de la matinée, il se fit tout petit sur son siège pour limiter les risques d'interrogation. Mais un soupçon d'excitation se mêlait à son anxiété : il avait décidé de signaler sa découverte à l'université.

Après le déjeuner, il rendit visite au conseiller d'orientation de l'école qui ne demanda pas mieux que de lui communiquer le numéro de téléphone de l'université, dans la capitale de l'État. Puis il traîna devant le secrétariat du proviseur jusqu'à ce que la secrétaire quitte son bureau pour se rendre dans la salle des professeurs. Le téléphone posé sur sa table était muni d'une rangée de boutons en plastique transparent, au-dessous du cadran. Edward appuya sur l'un d'eux et une petite lumière s'alluma à l'intérieur.

– Allô ? Puis-je vous renseigner ? demanda aimablement la standardiste de l'université.

– Oui, merci. Je m'appelle Edward Small junior et j'appelle de Molebury. J'aimerais parler à un paléontologiste.

– Un paléontologiste ?

– Quelqu'un qui s'y connaît en fossiles.

– Eh bien, monsieur, peut-être que la section de géologie... ?

– Peut-être, répondit Edward encouragé par ce premier contact : c'était la première fois de sa vie qu'on l'appelait « monsieur ». Pourrais-je parler au directeur de cette section, s'il vous plaît ?

– Certainement, monsieur. C'est le Dr Flint. Je vous le passe.

Lorsqu'il eut le Dr Flint en ligne, Edward se présenta de nouveau, mais le chef de la section de géologie fut nettement moins cordial que la standardiste.

– Quel nom dites-vous ?

– Edward Small junior, monsieur, de Molebury, répéta Edward.

– Jamais connu aucun Small, déclara le Dr Flint assez sèchement. Pas plus que je n'ai entendu parler d'une ville appelée Molebury.

– Molebury, monsieur... là où se trouve le lac de bitume.

– Ah oui, je vois, l'endroit où on a gaspillé en dragage cette subvention. C'était avant mon arrivée.

– C'est exactement ça, Dr Flint. La nuit dernière, j'y ai trouvé un ossement de dinosaure. Un morceau de mâchoire, je pense, provenant de l'une des plus grosses espèces carnivores.

– Un morceau de mâchoire provenant de l'une des plus grosses espèces de dinosaures carnivores, à Molebury. Période jurassique, à votre avis, ou crétacé ?

– Je dirais plutôt jurassique, répondit Edward, désarçonné par le ton ironique du Dr Flint, mais je ne peux pas l'affirmer. C'est une bulle qui l'a remonté du fond.

– C'est une bulle qui l'a remonté du fond. Quel âge avez-vous, jeune homme ?

– Mon âge ? Mais... Qu'est-ce que... Quel rapport y a-t-il entre mon âge et un ossement ?

– Ecoutez, mon garçon, si vous avez envie de faire une blague au téléphone, adressez-vous à la section d'astronomie et dites que le ciel vous est tombé sur la tête. Nous, nous sommes occupés.

Il y eut un déclic.

– Dr Flint ? appela Edward.

La seule réponse qu'il obtint fut la tonalité.

Perplexe, il raccrocha. La petite lumière s'éteignit.

– Alors, Edward, c'est pour cet après-midi, cet exposé ?

Edward sursauta, mais ce n'était pas la secrétaire, c'était Mary Beth Chalmers qui se tenait sur le pas de la porte, flanquée de ses deux gardes du corps.

– Oui, je suppose, marmonna-t-il en se faufilant entre le chambranle et le garde du corps maigrichon pour gagner le couloir.

Mais allait-il vraiment tenter de faire cet exposé ? Si seulement le Dr Flint l'avait pris au sérieux, il serait sûrement arrivé en classe de maths la tête haute, d'un pas martial, et il aurait parlé sans s'arrêter durant toute l'heure de cours. Mais les choses étant ce qu'elles étaient, il n'éprouvait plus que de la fatigue et de la peur, et il n'avait pas le courage d'affronter Mme Krumbcutter.

Au lieu de monter à la salle 23, il descendit en douce au sous-sol. Par bonheur, le vieux Crimmins n'était pas là. Un tas de vieilles nattes de judo étaient entreposées sous l'escalier. Edward se blottit au sommet de la pile et s'endormit presque aussitôt.

Il rêva d'Alexandre. Aussi, lorsqu'une langue baveuse lui lécha la figure, pensa-t-il tout naturellement que c'était le reptile géant qui lui manifestait son amitié. Mais quand il ouvrit les yeux, il constata que c'était Prince, le berger allemand du vieux Crimmins.

Quand Prince se trouvait quelque part, le concierge n'était jamais bien loin. Au moment où Edward se redressait, le vieux Crimmins se glissa sous l'escalier et lui braqua sa lampe en pleine figure.

– Ça va bien, petit ?

– Je... je crois que je me suis endormi.

Le vieux Crimmins tira son chien par le collier et se glissa sous l'escalier avec un grognement.

– Tu es sûr que tu n'es pas malade, petit ?

Lorsque le vieil homme lui posa une main calleuse sur le front, Edward se demanda s'il rêvait encore. Le concierge dégageait un âcre relent de whisky, mais il paraissait réellement inquiet et ne ressemblait en rien à l'individu qui ricanait chaque fois qu'Edward ratait une balle sur le terrain de base-ball.

– Non, ça va... Je dois seulement être un peu fatigué.

Le concierge braqua le faisceau de sa lampe sur un tuyau qui passait sous l'escalier.

– Dieu soit loué, dit-il en tripotant un robinet. Il y a deux ans de ça, dans ce coin-là, on a eu une fuite de gaz. Quand Prince a commencé à renifler là-dessous, je me suis dit : « Bon sang, pourvu que ce ne soit pas un de mes garçons ! »

Le vieillard fit de son mieux pour aider Edward à s'extraire du renfoncement, mais il était tellement perclus de rhumatismes qu'en fin de compte, Edward se débrouilla à peu près tout seul. Après avoir épousseté ses vêtements, Edward épousseta la salopette du concierge.

– Ouais, c'est un peu poussiéreux dans ce coin-là. Pas vrai, petit ?

Edward sourit.

– Je vous remercie de m'avoir réveillé, M. Crimmins. Vous savez l'heure qu'il est ?

Le concierge sortit une carotte de tabac à chiquer d'une boîte en fer-blanc et se la fourra sous une joue.

– A peu près l'heure de l'entraînement de base-ball, à mon avis.

Edward le remercia une fois de plus et grimpa quatre à quatre jusqu'au parking. C'était vrai ! Quelques garçons sortaient déjà du gymnase par petits groupes et se dirigeaient vers le terrain de base-ball.

Il avait dormi pendant toute la durée du cours de maths et de l'étude ! Mais ce bref sursaut d'énergie le laissa encore plus abattu qu'avant sa sieste, et il comprit qu'il n'était pas en état d'affronter l'entraînement ce jour-là. Le grand match ayant lieu le lendemain, le moniteur oublierait peut-être de lui infliger des triples tours de circuits.

Il était en train de prendre ses livres dans son casier, au premier étage, lorsque son nom retentit dans le couloir désert. Pour une fois, Mme Krumbcutter était sortie de la salle 23, et elle se dressait, en chair et en os, à près d'un mètre de la porte de sa classe. Elle lui fit signe d'approcher.

– Vous êtes malade, Edward ? lui demanda-t-elle lorsqu'il l'eut rejointe.

– Oui, m'dame.

– Qu'est-ce qui vous arrive ?

Comme le concierge, elle paraissait inquiète et lui posa une main sur le front.

– Je... je crois que j'ai des palpitations, répondit-il.

Les palpitations, objet des sempiternelles doléances de la vieille veuve Witherspoon, était la première maladie qui lui était venue à l'esprit mais, à en juger par la façon dont Mme Krumbcutter retira sa main et par le regard qu'elle lui lança, ce choix n'était pas des plus heureux.

– Je vois, murmura-t-elle.

Edward décida de changer de tactique. Il regarda anxieuse-
ment la pendule accrochée au-dessus de la porte des toilettes.

– Je suis en retard pour l'entraînement, madame
Krumbcutter. Le moniteur me fera faire des tours de circuit
supplémentaires, si je n'y vais pas tout de suite.

– Je comprends.

Mme Krumbcutter le prit par un bras et le conduisit vers
l'escalier.

– Ce serait évidemment tout à fait contre-indiqué, avec vos
palpitations.

Elle avait des doigts particulièrement vigoureux, peut-être à
force de manier le bâton de craie comme un marteau-piqueur.
La malchance voulut qu'au moment où ils arrivaient à la porte
du gymnase, Billy Gritch en sorte.

– Billy, dit sèchement Mme Krumbcutter, est-ce que ce
maillot ne devrait pas être rentré dans votre culotte ?

Billy secoua négativement la tête.

– Non m'dame, répondit-il.

– Je vois, répéta Mme Krumbcutter. (C'est l'expression favorite des gens qui sont myopes comme des taupes.) Vous pourriez peut-être me rendre un petit service. Notre ami Edward a
une façon très personnelle de disparaître... un peu comme une
fraction dont le numérateur serait zéro. J'aimerais que vous gar-
diez un œil sur lui pendant l'entraînement et que vous le rame-
niez ensuite dans ma classe.

Billy gratta sa tignasse rousse.

– Que je garde un œil sur lui, m'dame Krumb-tru... madame Krumbcutter?

– Cela me ferait plaisir, Billy.

Il faut dire, à sa décharge, que Billy fit la grimace.

– Ben... si c'est ce que vous voulez, madame Krumbcutter. De toute manière, je me repose le bras, cet après-midi.

Edward entra dans le gymnase sans dire un mot. Cela lui paraissait profondément injuste d'être affligé d'un geôlier uniquement parce qu'il avait eu sommeil. Lorsqu'ils pénétrèrent dans le vestiaire des garçons, Billy gloussa et lui donna une bourrade.

– La mère Krumb-truc t'a vraiment dans le colimateur, hein?

– On dirait, murmura Edward.

– Comment ça se fait que t'étais pas à son cours?

Edward ouvrit son placard d'où s'échappa un relent de sueur refroidie et de maillots crasseux.

– Je n'avais pas envie d'y aller.

– Sans rire? Moi, j'ai encore jamais séché un cours de la mégère sans un motif valable. Je t'aurais pas cru capable de ça.

En enfilant son maillot, Edward lança un coup d'œil au grand corps dégingandé vautré sur un banc. Billy Gritch lui aurait-il fait un compliment, par hasard? Edward sourit du coin des lèvres: c'était la première fois qu'il entendait traiter Mme Krumbcutter de mégère.

– Tu sais, les maths, c'est bon pour les cloches, se risqua-t-il à déclarer en faisant tomber la boue séchée qui encroûtait le fond de sa culotte de base-ball.

Billy sourit :

– Ouais, faut reconnaître que les chiffres, c'est casse-pied. C'est comme mon paternel. Tout ce qu'il sait dire, c'est le nombre de bobines de fil d'acier de 6 ou de fil de cuivre de 12 qu'il a sorti dans sa journée.

– Ton père travaille à la tréfilerie ?

– Oui, il est sous-contremaître. Il y a des moments où il me donne envie de dégueuler.

– Pareil pour moi ! approuva Edward avec enthousiasme. Sauf que le mien passe son temps à vous casser les oreilles avec des histoires de rouleaux de moquette, de mètres de tapis, de longueurs de thibaude... ce genre de trucs. Il travaille à Carpet City.

– C'est du pareil au même.

– Ouais, du pareil au même.

Peut-être n'était-ce pas exactement pareil, M. Small étant propriétaire de son affaire et son propre patron, mais quelle importance pouvait revêtir ce détail alors qu'Edward était en train de tenir une véritable conversation avec le capitaine de l'équipe de base-ball ? Pendant qu'ils hochaient la tête en songeant à leurs pauvres abrutis de pères, Edward envisagea de laisser flotter son maillot comme celui de Billy.

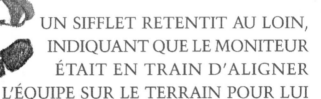

UN SIFFLET RETENTIT AU LOIN,
INDIQUANT QUE LE MONITEUR
ÉTAIT EN TRAIN D'ALIGNER
L'ÉQUIPE SUR LE TERRAIN POUR LUI
faire effectuer quelques mouvements d'assouplissement.

– On a intérêt à se grouiller, Small, conseilla Billy en se
levant de son banc.

Edward prit son gant au fond de son placard de gym et
emboîta le pas au grand flandrin de lanceur. En gagnant le terrain, il eut le culot de sortir son maillot de sa culotte... mais
dans le dos seulement. Au lieu de poursuivre la conversation,
Billy s'amusait à donner des coups de pied dans les cailloux.
Edward en fit autant. Le silence commençait à devenir pesant.
Billy dut s'en rendre compte, lui aussi, car il tourna les yeux
vers Edward, mais il se borna à se gratter la tête.

En rangs d'oignons derrière la ligne de première base, les
autres joueurs s'agitaient comme des pantins au bout de leurs
fils, et le moniteur, dont le survêtement paraissait toujours

trop étriqué quand il oubliait de rentrer son ventre, était déjà tout rouge d'avoir dirigé l'exercice. Le sifflet planté au coin de sa bouche rythmait la cadence à petits coups brefs, comme un train électrique. Lorsque Edward et Billy prirent leurs places dans le dernier rang, le moniteur cracha son sifflet, qui resta suspendu à son cou par un cordon, et rugit :

– Rentrez-moi ce maillot, Small ! Où vous croyez-vous ? Au bal musette ?

Les pantins du premier rang se retournèrent, hilares. En renfonçant son maillot dans sa culotte, Edward observa Billy du coin de l'œil : pans de maillot flottant au vent, il souriait comme les autres.

Les bras vedettes étant au repos en prévision de la partie du lendemain, Billy consacra la séance d'entraînement à se prélasser sur le banc en bavardant avec les joueurs qui attendaient leur tour de batte. Une fois de plus, Edward se porta volontaire pour la récupération des volantes, mais si cette tâche lui permit de prendre ses distances avec Billy, qu'il considérait comme un traître, il ne put que se traîner péniblement d'un bout à l'autre du champ extérieur. Il butait continuellement sur des touffes de gazon arrachées et, chaque fois, il entendait ricaner le vieux Crimmins, si amical quelques instants plus tôt, posté, comme à son habitude, sur la ligne des balles fautes.

Lorsque ce cauchemar prit fin, Edward était tellement fatigué qu'il n'eut pas le courage de se doucher. Billy, qui n'avait rien fait qui puisse le mettre en nage, se changea également sans passer par la douche.

– J'espère que la mère Krumb-truc ne te fera pas bouffer sa craie, dit Billy en entrant dans le bâtiment central.

Lorsqu'ils arrivèrent à la salle 23, Billy prit la tangente dans l'espoir de porter le cartable de Mary Beth. Au bruit de la porte, Mme Krumbcutter, qui classait des papiers sur son bureau, leva les yeux.

– Edward ! dit-elle en redressant ses lunettes sur son nez aquilin. Edward, vous semblez... Vous vous sentez bien ?

Edward étouffa un bâillement.

– Je suis crevé, reconnut-il.

Mme Krumbcutter se leva et tira un mouchoir brodé de la manche de son austère robe grise. Tandis qu'elle essuyait la figure poussiéreuse d'Edward, ses propres traits s'adoucirent et elle lui parut presque aussi gentille que sa mère (mais beaucoup moins jolie).

– Je m'apprêtais à vous charger d'une corvée quelconque, mais... Vous me donnez votre parole d'honneur que vous ferez demain votre exposé sur le chapitre 33 ?

La bienveillance de sa voix prit Edward au dépourvu, mais derrière sa chevelure frisottée apparut le tableau noir, constellé de chiffres et il s'imagina, debout sur l'estrade, les genoux flageolants et la gorge serrée, un bâton de craie tremblotant entre ses doigts.

– Est-ce qu'il ne serait pas préférable de passer au chapitre 34, madame Krumbcutter ? suggéra-t-il.

Elle renfonça nerveusement le mouchoir brodé dans sa manche.

– Dans ces conditions, Edward, vous allez nettoyer les tableaux et les chiffons ! Et nous verrons ce qui se passera demain.

Essuyer les tableaux noirs ne lui aurait posé aucun problème s'il avait eu la taille de Billy, mais ce n'était pas le cas et il dut s'aider d'une chaise, qu'il déplaça sur toute la largeur de l'estrade, pour atteindre le haut. Il lui fut tout aussi désagréable de se pencher à la fenêtre pour secouer les chiffons : non seulement la poussière de craie le suffoquait, mais surtout les copains qui traînaient devant le collège risquaient de l'apercevoir. Et comble de malheur, la corvée se prolongea jusqu'à cinq heures et demie, trop tard pour passer au lac de bitume.

Au lieu de suivre la voie ferrée, il rentra donc chez lui en longeant les trottoirs. Son cartable ne lui avait jamais paru aussi lourd et, en le changeant de main dans Waverly Avenue, il remarqua que le coude de sa chemise était taché de rouge. Il avait dû s'écorcher pendant l'une de ses nombreuses chutes dans le champ extérieur. Devant lui, une pie s'envola d'un caroubier. Si seulement il avait pu s'enfuir sur son dos noir et blanc ! Si celle de la nuit précédente pouvait, à la rigueur, lui être pardonnée, une deuxième chemise gâchée ne le serait certainement pas.

A moins que sa mère ne se laisse attendrir par la vue du sang, fût-ce sous forme de tache ? Le matin, quand il était parti pour l'école, elle l'avait embrassé, même si elle n'avait pas mis de ciboulette sur ses œufs brouillés.

Son père était revenu de Pottsville, la fourgonnette était garée dans l'allée. Edward fit le tour de la maison pour rentrer par la cuisine.

– Bonsoir, m'man, dit-il avec un entrain forcé. Qu'est-ce qu'il y a de bon pour le dîner ?

L'absence de toute odeur de cuisine était surprenante, car on n'était pas lundi, jour où la famille consommait froids les restes du gigot dominical. Sa mère se détourna lentement de l'évier, un chiffon dans une main et une bouteille d'alcali dans l'autre. Elle ne lui sourit pas et Edward quitta la cuisine contrarié, pensant que sa mère lui en voulait encore pour le poker. Son père était debout au pied de l'escalier, les yeux fixés sur le sol. Il portait son complet bleu marine et une cravate deux fois trop large.

– Tu es content de ton voyage à Pottsville, p'pa ? Tu as pris de grosses commandes à la convention ?

M. Small ne leva même pas les yeux. Une sonnerie d'alarme se déclencha sous le crâne d'Edward. Son père ne se contentait sûrement pas d'admirer son tapis de Boukhara.

S'agissait-il de la disparition de la lampe-torche ? Non, ça devait être encore plus grave. Mme Krumbcutter avait dû téléphoner de l'école pour signaler qu'il avait à nouveau esquivé l'exposé.

– Qu'est-ce qui se passe, p'pa ? s'enquit timidement Edward.

M. Small leva lentement une main. Une chaussure de basket était suspendue par ses lacets à son index. Edward s'approcha et aperçut deux grosses taches de bitume au beau milieu du précieux tapis ancien.

– Oh, non! murmura-t-il.

Il revécut alors toute la nuit passée: pataugeant jusqu'aux chevilles dans le lac de bitume, lâchant la torche lorsqu'un bruit l'avait effrayé, remontant le sentier à tâtons, sortant du ravin à l'aveuglette et courant jusqu'à la maison. En rentrant sur la pointe des pieds dans le noir, il avait manifestement souillé de bitume l'orgueil et la joie de son père. Que pouvait-il dire, sinon bredouiller qu'il était désolé? Il était vaincu. Il avait pu nettoyer les tableaux noirs et les chiffons de Mme Krumbcutter mais ce tapis, c'était au-dessus de ses forces. Il était tellement fatigué! En se dirigeant vers l'escalier, il s'attendait à une gifle ou à un regard noir, mais son père s'écarta pour le laisser passer sans même lever les yeux de son tapis (qui était encore plus moche qu'auparavant).

Edward s'enferma dans sa chambre, tira les rideaux sur le monde extérieur et s'effondra, en pleurs, sur son lit. Il se demandait avec effarement ce qui lui arrivait. Était-il épuisé au point de retomber en enfance? Il enfouit son visage dans l'oreiller pour étouffer le bruit de ses sanglots et éponger ces larmes stupides. L'année scolaire tirait à sa fin. Bientôt, il pourrait s'enfuir de la maison avec l'os du lac de bitume. Peut-être parviendrait-il à gagner Chicago en stop et à y dénicher un authentique paléontologiste. Mais il se rappela la fin de non-recevoir que lui avait opposée le Dr Flint. Il était dans un tel état d'apitoiement sur lui-même, qu'il ne put s'empêcher de penser qu'un paléontologiste de la grande ville le traiterait probablement de la même façon.

Ses larmes continuèrent à ruisseler. Après tout, il avait peut-être le droit de pleurer. Le monde entier s'était ligué contre lui. Dans ses oreilles, les ricanements de Billy et les gloussements du vieux Crimmins se mêlaient aux sarcasmes du Dr Flint. Les échos du sermon de Mme Krumbcutter, les hurlements de sa petite sœur et les critiques de son père retentissaient dans sa tête et, dominant cette cacophonie, la voix de sa mère disait: « Tu devrais avoir honte, Edward. » L'oreiller était de plus en plus mouillé et toutes les personnes de son entourage semblaient nager autour de son corps à la dérive comme une bande de requins lui arrachant des petits morceaux de chair. Il se retourna contre le mur en souhaitant pouvoir les mordre à son tour.

EDWARD OUVRIT LES YEUX AU FRACAS DES POUBELLES TINTIN-NABULANT À L'AUTRE BOUT DE LA RUE. LE RAYON DE SOLEIL QUI filtrait par la fente des rideaux avait un aspect voilé, blanchâtre, comme les tableaux de Mme Krumbcutter avant qu'il les ait nettoyés. Il se leva et écarta les rideaux.

Sur la pelouse, à côté du chêne, Alexandre était assis sur son postérieur. Son sourire amical découvrait d'énormes dents qui étincelaient comme des sabres d'ivoire. Edward ouvrit sa fenêtre toute grande.

– Bonjour, Maître, dit Alexandre. Pour une fois, nous avons une belle journée.

Edward se frotta les paupières. Il avait tellement pleuré la veille au soir, que ses yeux le brûlaient.

– Des soucis, Maître ?

– A cause de mon père. C'est vraiment un imbécile. Il s'inté-resse davantage à son stupide tapis qu'à moi.

Ce n'était pas une chose à dire, mais l'expression de compréhension d'Alexandre fut tout de même pour lui d'un grand réconfort.

Alexandre se pencha vers la fenêtre pour qu'Edward puisse grimper sur son perchoir, derrière sa tête. Lorsque le dinosaure se redressa, Edward avait les pieds à la hauteur du toit, et il aperçut dans la gouttière la balle perdue qu'il y avait un jour expédiée depuis la cour pour épater sa sœur. C'était formidable d'être si haut. Le soleil semblait plus chaud, l'air plus pur. De sa fenêtre, la vieille veuve Witherspoon le regardait bouche bée ; elle n'avait pas son râtelier.

Au-dessous de lui, la porte d'entrée s'ouvrit, livrant passage à M. Small qui se rendait à son travail. Comme il paraissait ridiculement petit vu de là-haut ! Sa calvitie n'était plus qu'un point brillant au sommet de son crâne. En s'approchant de la patte gauche d'Alexandre, qui était aussi grosse que le tronc du chêne, M. Small leva la tête et ses yeux en boutons de bottine semblèrent se dilater au point d'atteindre la taille des enjoliveurs de la camionnette. Alexandre se pencha délicatement, pour ne pas bousculer son passager, et trancha d'un coup de dents la tête de M. Small.

Alexandre cracha la tête dans la benne à ordures arrêtée de l'autre côté de la rue et s'attaqua au corps de M. Small. A

l'exception du mètre ruban et des stylos à bille
qu'il recracha sur la pelouse, il parut se régaler.
Edward ne put s'empêcher d'en être consterné...
même si, personnellement, il n'y était pour rien.

Son petit déjeuner terminé, le dinosaure demanda si
ce n'était pas l'heure de partir pour l'école, mais Edward
descendit de son ami et lui demanda d'attendre un instant.

– Cache-toi derrière l'arbre pour ne pas effrayer les éboueurs,
recommanda Edward qui, curieusement, éprouvait lui aussi un
impérieux besoin de petit déjeuner.

Il gagna la porte de la cuisine et trouva sa mère occupée à préparer son repas du matin. Elle n'était plus fâchée contre lui, à
en juger par toute la ciboulette qu'elle avait mise sur ses œufs
et par les deux douzaines de tranches de bacon qu'elle empilait
dans son assiette. Lorsqu'il eut fini de manger, elle l'embrassa
et l'informa que son père avait, par mégarde, jeté son cartable
en même temps que les ordures. Ravi d'être débarrassé de ses
livres, Edward sortit par la porte de derrière et rejoignit
Alexandre qui l'attendait docilement devant la maison, à l'abri
du grand chêne. L'allosaure enroula sa queue en spirale et
Edward remonta derrière sa tête.

En un clin d'œil, ils se retrouvèrent caracolant sur le chemin
de terre descendant dans le ravin. Alexandre franchit le lac de
bitume comme s'il s'agissait d'une vulgaire flaque de boue et
s'enfonça résolument dans le bois. « Quelle différence avec le
retour exténuant de la veille ! » songea Edward en souriant aux

oiseaux qui, au sommet des arbres, sortaient la tête de leur nid pour les regarder passer, leurs petits yeux vigilants écarquillés d'admiration.

Alexandre piétina la voie ferrée en brisant les traverses comme des cure-dents et atteignit l'école par-derrière. Sa patte avant droite arracha d'un seul coup la palissade qui bordait le terrain de base-ball. Billy Gritch était là, tout seul, penché sur la butte du lanceur. Avant les matchs importants, Billy avait l'habitude d'emprunter une bêche au vieux Crimmins et de rehausser de quelques centimètres le piédestal sur lequel il prendrait place, afin de paraître encore plus imposant. Lorsque l'ombre du dinosaure se projeta sur lui, Billy, surpris, leva les yeux. Bondissant sur ses pieds, il lança sa bêche sur Edward mais, pour une fois, il manqua son coup. La bêche frôla en sifflant l'oreille gauche d'Edward et tomba bruyamment sur les décombres de la palissade.

– Pourquoi a-t-il fait cela, Maître ? s'enquit Alexandre avec curiosité.

– Je ne sais pas, répondit Edward en regardant le lanceur pétrifié d'épouvante qui, de là-haut, paraissait bien petit et bien insignifiant. Au fond, c'est un imbécile. Au dernier semestre, il a eu un zéro en littérature.

Le dinosaure souleva sa patte arrière gauche et écrasa le rouquin comme un mégot de cigarette. Avec un mélange d'horreur et de satisfaction, Edward constata qu'il n'en restait qu'une galette, qu'Alexandre enterra sur la butte en la recouvrant du restant de terre, l'élevant encore un peu plus, pour le lanceur, quel qu'il fût, qui remplacerait Billy pendant le match.

– Tu ferais mieux de te planquer sur la voie ferrée, Alex, conseilla Edward en descendant le long du dos abrupt de son ami. J'ai des cours, faut que j'y aille.

Les cours en question passèrent avec une rapidité tout à fait surprenante. On aurait cru que, sur toutes les pendules, l'aiguille des secondes, celle qui est rouge, entraînait dans sa course folle les deux autres. En moins de temps qu'il n'en faut pour le dire, ce fut l'heure du déjeuner, et puis les élèves sortirent en courant du réfectoire pour se rendre sur le terrain de jeu baigné de soleil, mais Mme Krumbcutter s'était aventurée une fois de plus hors de la salle 23 pour intercepter Edward.

– Au cas où vous vous apprêteriez à rééditer votre petit numéro de disparition, expliqua la prof de maths en lui faisant monter l'escalier avec une étonnante vigueur.

Toute la surface des tableaux noirs de la salle 23 était couverte d'équations et de figures géométriques d'une incroyable complexité, vestiges des classes de la matinée.

Mme Krumbcutter suggéra à Edward de consacrer le temps qui restait avant la seconde sonnerie à effacer le tout.

– Vous disposerez ainsi d'un tableau propre pour votre exposé, et je pourrai classer les compositions de la deuxième année.

Edward alla chercher une chaise et s'attaqua à la besogne ingrate et poussiéreuse. Après avoir nettoyé le premier tableau, il sollicita une faveur.

– C'est un travail qui donne rudement chaud, madame Krumbcutter. Ça vous ennuierait qu'on ouvre la fenêtre ?

– Au contraire, Edward, j'en serais ravie.

Comme il était monté sur la chaise, elle alla ouvrir la fenêtre et respira avec volupté.

– J'adore ces journées de fin de printemps. Elles me donnent l'impression...

– D'être une imbécile ? murmura Edward.

Mais ce fut à haute et intelligible voix qu'il dit :

– Moi, ça me donne envie de siffler.

Et il siffla trois notes, une moyenne, une grave et une aiguë encore plus aiguë qu'un sifflet à ultra-sons.

– Elles me donnent l'impression de lire de la poésie, poursuivit Mme Krumbcutter en se penchant à l'extérieur. Pendant le reste de l'année, j'ai l'air de ne m'intéresser qu'aux chiffres, mais quand vient une journée comme celle-ci, je...

Au dehors apparut la tête d'Alexandre. D'un geste vif, le dinosaure cueillit le professeur de mathématiques avec sa patte. Edward sauta de sa chaise et se précipita à la fenêtre. Trop tard! Alexandre recrachait déjà les indigestes lunettes à monture métallique.

– Pauvre Mme Krumbcutter! gémit Edward.

– Excusez-moi, Maître, c'est l'heure de mon déjeuner. Est-ce que vous n'aviez pas sifflé?

– Eh bien... euh... j'espérais... Attention, cache-toi.

La porte de la salle de classe s'ouvrit, livrant passage à Mary Beth Chalmers flanquée de ses deux gardes du corps. Edward leur annonça qu'il n'y aurait pas de cours ce jour-là.

– Pas de maths? dit Mary Beth abasourdie. T'es dingue ou quoi?

Il secoua négativement la tête, mais Mary Beth ne fut pas convaincue pour autant.

– A ma connaissance, Mme Krumbcutter n'a jamais manqué un seul cours.

Elle posa ses livres et sa calculatrice de poche sur un bureau du premier rang et regarda ses deux amies.

– Qu'est-ce que vous en dites?

– Ça m'épaterait bien, répondit la maigrichonne en posant ses livres sur le bureau situé à droite de celui de Mary Beth.

– Quand les poules auront des dents, répondit la grosse en posant ses livres sur le bureau situé à gauche de celui de Mary Beth.

Edward leur affirma qu'il était pratiquement certain que Mme Krumbcutter ne ferait pas son cours ce jour-là.

– Ce qui fait que vous pouvez aller vous entraîner à encourager notre équipe, c'est votre boulot de supporters.

– Nom d'une pipe! Tu parles sérieusement? dit Mary Beth.

– Croix de bois, croix de fer, si je mens je vais en enfer.

Le bureau vide du professeur parut la convaincre, et elle fut si contente qu'elle donna un baiser à Edward sous les yeux éberlués des deux témoins. C'était un peu mouillé mais quand même agréable, et il lui adressa un clin d'œil lorsqu'elle ramassa ses livres pour s'en aller.

Une fois seul, Edward eut l'impression de planer, mais le sortilège du baiser de Mary Beth fut bientôt rompu par des aboiements furieux provenant de sous la fenêtre. Prince avait contourné ventre à terre le bâtiment de l'école et il mordillait rageusement la queue du dinosaure accroupi.

– Si Prince est là, son imbécile de maître ne va pas tarder à rappliquer, murmura Edward en se penchant à la fenêtre.

Comme prévu, le vieux Crimmins tourna bientôt le coin en clopinant, mais, quand il aperçut le dinosaure, il cessa brusquement d'appeler son chien. En fait, sa chique dut se coincer en travers de son gosier, car il n'émit plus le moindre son. Edward suggéra à Alexandre d'aller réparer la palissade du terrain de base-ball avant le match, et le dinosaure, en faisant demi-tour pour obéir à cet ordre, balaya de sa queue le vieux Crimmins qui fut expédié dans la rue. Un car scolaire, qui surgissait à cet instant précis, lui passa sur le corps, laissant le concierge ratatiné sur la chaussée.

Etrange coïncidence, c'était le car amenant l'équipe du collège de Pottsville. A quelle vitesse s'étaient écoulées les deux dernières heures ! Edward fonça au gymnase et réussit à atteindre le terrain de base-ball avant l'équipe de Pottsville. Ses coéquipiers et les supporters étaient déjà là, ainsi que le moniteur qui arpentait nerveusement le champ intérieur.

– Small ! hurla le moniteur à Edward qui arrivait sans se presser. Vous avez vu Gritch ?

L'équipe observait attentivement le moniteur. Tout le monde le soupçonnait d'avoir un peu peur de Billy et se demandait s'il oserait le critiquer. Mais le moniteur, pensif, se contenta d'affirmer, en montant sur la butte anormalement élevée du lanceur et en se tournant vers le bâtiment de l'école :

– Il s'est positivement volatilisé !

– Qui va lancer à sa place ? s'enquit un des joueurs.

– Moi, proposa Edward.

Le moniteur éclata de rire. Servilement, toute l'équipe s'esclaffa, et les supporters, qui n'avaient rien perdu de la scène, se mirent eux aussi à pouffer.

– Qu'est-ce qui vous fait rire, espèces d'imbéciles ? demanda Edward agacé.

A ce moment-là, la palissade, qui avait mystérieusement repris sa place, s'effondra de nouveau, et l'apparition d'Alexandre mit un terme à toute cette hilarité. L'allosaure s'empara du filet d'arrêt et, le maniant comme une tapette à mouches, il réduisit rapidement le moniteur, les joueurs et les supporters en chair à pâté. La seule chose que put faire Edward fut de se précipiter aux côtés de Mary Beth, à temps pour la sauver. Elle se jeta dans ses bras. Il fut obligé de la repousser un peu, parce que ses pompons, emblèmes de l'équipe des supporters, lui chatouillaient le cou.

– Oh, Edward, je ne peux pas voir ça! s'écria-t-elle. Ne m'abandonne pas, je t'en supplie!

– J'ai soif, Maître, signala Alexandre en lâchant le filet d'arrêt. On ne pourrait pas redescendre une minute dans le ravin?

– Il est préférable que je l'emmène hors d'ici, Mary Beth, décréta Edward en contemplant tristement la scène du carnage. Rentre chez toi, ça vaudra mieux.

– Tu me téléphoneras dans la soirée? lui cria-t-elle d'une voix éplorée pendant qu'il gravissait le majestueux escalier formé par la queue du dinosaure. Je t'en prie, Edward... appelle-moi au n° 6-6930!

Alexandre était si pressé qu'Edward dut se cramponner aux replis de sa peau reptilienne pendant qu'ils bondissaient sur la voie ferrée et dévalaient la pente du ravin. Après un ultime dérapage, le dinosaure s'immobilisa au bord du lac de bitume et y plongea son énorme mufle. Spectacle pour le moins inquiétant. Autant Edward adorait la façon dont le liquide noir reflétait les rayons du soleil, autant l'idée d'en boire lui donnait le frisson.

– Comment fais-tu pour avaler ça, Alex? demanda-t-il quand le dinosaure releva son museau dégoulinant.

Alexandre tourna la tête vers lui et lui adressa un coup d'œil entendu, comme si Edward était censé connaître la réponse d'une manière ou d'une autre.

– Goûtez, Maître, proposa Alexandre en puisant un peu de bitume dans le creux de sa patte et en le lui tendant par-dessus son épaule. Ça vous rendra grand et fort.

– Non, merci, répondit Edward qui frissonna lorsqu'une goutte de bitume tomba sur le dos de sa main.

Alexandre haussa les épaules et lampa le contenu de sa patte.

– Et maintenant, Maître, où va-t-on ?

Edward essaya de nettoyer sa main en la frottant sur son pantalon, mais le bitume était déjà figé sur sa peau. Il en eut la chair de poule.

– Où va-t-on, Maître ? répéta Alexandre.

Le soleil avait rapidement décliné et ressemblait maintenant à un gros œil rouge les observant entre les cheminées de la fonderie abandonnée.

– Il vaut mieux que je rentre à la maison, Alex, répondit Edward.

Un grand saut les déposa sur la rive opposée du lac de bitume. Ils sortirent du ravin et se retrouvèrent en un rien de temps dans la cour de Summit Street d'où ils étaient partis le matin. Entre-temps, Edward avait assimilé la technique pour descendre du grand lézard et, une fois les pieds par terre, il estima qu'il ne lui déplairait pas de prendre quelques distances avec son gigantesque ami.

– Tu aimes le maïs, Alex ? Ça te plairait d'aller en brouter un peu... du côté de Pottsville ?

– Le maïs n'est pas encore mûr, Maître, objecta Alexandre en se couchant à côté du chêne. D'ailleurs, il est préférable que je reste dans les parages, au cas où vous auriez besoin de moi.

Il sourit en exhibant ses dents en lame de sabre.

– A nous deux, on va débarrasser Molebury de tous ses imbéciles, pas vrai ?

Edward sourit nerveusement. La lueur rougeoyante du coucher de soleil donnait aux yeux d'Alexandre un éclat si féroce que, s'ils n'avaient pas été aussi bons amis, Edward aurait pu avoir peur.

– Tu veux manger quelque chose, Alex, pour chasser le goût du bitume ? M'man est sûrement allée faire le marché.

– Non merci, Maître, ça va bien. Mme Krumbcutter était un peu dure, mais très nutritive.

Edward, en revanche, avait l'estomac dans les talons. Il contourna la maison et trouva Priscilla assise sur le seuil de la porte de derrière.

– Qu'est-ce qu'il y a pour le dîner, Prissie ? lui demanda-t-il.

Quand sa sœur leva la tête, il s'aperçut qu'elle pleurait.

– Qu'est-ce qui t'arrive ?

Il lui caressa doucement les cheveux.

– J'espère que ce n'est pas à cause de cette partie de poker ?

Les larmes ruisselaient des yeux bouffis de Priscilla, inondant ses joues marbrées de plaques rouges.

– Papa est mort ! hoqueta-t-elle. On a trouvé sa tête dans la décharge municipale.

– Oh, ne t'en fais pas pour ça, la rassura-t-il. Je m'occuperai de toi et de maman.

– Toi ?

Son visage, qui avait déjà perdu sa fraîcheur juvénile, devint vraiment hideux lorsqu'elle éclata de rire à travers ses larmes.

– Tu n'es même pas fichu de faire un exposé de maths !

– Comment oses-tu me parler de ce que je peux faire ou ne pas faire, espèce d'imbécile ? s'exclama Edward. Alors que tu n'as pas encore douze ans !

Les yeux flamboyants d'Alexandre apparurent au coin de la maison. Le dinosaure arracha la balançoire de son support, en assena un bon coup sur la tête de Priscilla et retourna dans le jardin. Un gros corbeau croassa sur le toit des Witherspoon. Le pauvre petit crâne de Priscilla était fendu en deux.

– Prissie ! hurla Mme Small en ouvrant la porte à moustiquaire. Mon amour ! Qu'est-ce qui s'est passé ?

– Elle a eu un accident, expliqua Edward d'une voix faible.

– Un accident ! D'abord Ed, et puis ma petite fille.

Dans la lumière du couchant, sa mère elle-même paraissait laide avec son visage convulsé, veiné de rouge.

– Je n'ai plus aucune raison de vivre ! gémit-elle.

Elle rentra en titubant dans la cuisine, et Edward la suivit.

– Ne dis pas de bêtises, m'man. Je suis encore là.

Dieu sait pourquoi, elle parut ne pas l'entendre et se mit à arracher par poignées ses magnifiques cheveux blonds.

– Fais pas ça, m'man ! s'écria Edward. Tu veux ressembler à papa ou quoi ?

Cette allusion à son père n'améliora pas les choses.

– Mon Ed chéri, et maintenant ma fille adorée ! se lamentait Mme Small en poussant des cris déchirants. Ma fille unique ! Elle qui était si douce, si gentille... et tellement intelligente ! Son professeur de calcul disait qu'elle deviendrait un génie ! Qu'ai-je fait au ciel pour mériter cela ?

Pourquoi continuait-elle à s'arracher les cheveux ? Elle commençait à ressembler à ces poupées à moitié chauves qui traînaient au fond des greniers.

– Arrête, m'man! supplia Edward en saisissant les poignets de sa mère. Ne fais pas l'imbécile ! Je suis toujours là. Je prendrai bien soin de toi, je te le jure. Croix de bois, croix de fer, si je mens je vais en enfer !

La fenêtre, au-dessus de l'évier, vola en éclats. Une patte reptilienne fit irruption dans la cuisine. Edward étreignait encore les poignets de sa mère lorsque la patte pressa celle-ci comme un citron.

– M'man !

La patte se retira et Edward tomba à genoux à côté du corps broyé. Des larmes l'aveuglèrent.

– Mais je ne voulais pas dire... Ai-je vraiment dit que... ?

Il enfouit son visage dans ses mains et les larmes coulant

entre ses doigts commencèrent à délayer la tache de bitume.

– Comment ai-je pu être un tel imbécile ? Comment ai-je pu...

Un tremblement de terre sembla ébranler Molebury. Les gobelets de plastique, cadeaux de la station-service de Waverly Avenue, tombèrent un à un de l'étagère, rebondirent sur l'égouttoir et atterrirent dans l'évier. Le téléphone s'écrasa sur le carrelage avec une sonnerie stridente.

– Alex... non ! s'exclama Edward en réalisant ce qu'il avait dit.

La queue préhistorique pulvérisa la cuisine d'un seul coup, mais Edward avait eu le temps de franchir la porte d'un bond. Au moment où il se réfugiait sous le tapis de Boukhara, dans le vestibule, la queue décapita la maison. Tout le premier étage fut balayé, les décombres tombèrent dans le jardin des voisins, transformant certainement en infarctus les palpitations de la vieille veuve Witherspoon. Edward s'aplatit de son mieux sous le tapis, regrettant pour la première fois de sa vie de ne pas être plus petit pour mieux passer inaperçu.

– Fais-toi tout plat ! s'ordonna-t-il en sentant trembler le sol dans lequel il essayait d'enfoncer sa joue et ses genoux.

L'allosaure venait de pénétrer dans le rez-de-chaussée à ciel ouvert, écrasant la table de la salle à manger sous sa patte gauche. La patte droite suivit, broyant le fauteuil de M. Small qui, de toute façon, n'en aurait plus besoin. Puis la patte gauche se posa cette fois en plein sur le tapis de Boukhara, et lamina Edward qui n'aurait jamais espéré devenir aussi plat.

QUAND EDWARD MOURUT, SES YEUX S'OUVRIRENT BRUS- QUEMENT ET IL REPOUSSA LE BOUKHARA. LE TAPIS ÉTAIT étonnamment léger. Edward battit des paupières. Pourquoi le tapis était-il si blanc, au lieu d'avoir ses teintes délavées habituelles ? Il se prit la tête à deux mains : son crâne ne paraissait nullement écrabouillé. Il examina ses doigts : pas trace de sang. Il était couché dans son lit. Il se mit à genoux et leva la tête à la hauteur du miroir de la table de toilette : son reflet lui retourna ses battements de paupières. Les fantômes n'ont pas de reflet.

Mais comme le rêve avait semblé réel !

Pourtant, maintenant, c'était le matin pour de bon, pas un matin ensoleillé mais, une fois de plus, un matin maussade à en juger par le jour grisâtre qui filtrait entre les rideaux. Edward se leva et posa ses pieds sur le plancher qui, en définitive, ne s'était pas envolé dans le jardin des Witherspoon. Il ouvrit les rideaux. Pas la moindre benne à ordures dans les parages, les éboueurs ne passaient jamais le vendredi. Il n'aperçut que le livreur de journaux, en train de lancer une *Gazette* hebdomadaire de Molebury par-dessus la haie de houx des Lundquist, à l'autre bout de la rue.

Edward s'habilla et retourna à la fenêtre entrouverte, mais il ne prit pas la peine de vérifier sa taille à la marque supérieure du chambranle. Il se sentait tout petit, encore plus petit que d'habitude. Un moment après, la porte d'entrée s'ouvrit et se referma. Edward se pencha avec une telle précipitation que son crâne heurta le châssis de la fenêtre et, là, juste au-dessous de lui, il vit la tête déplumée de son père... toujours solidaire de son corps !

Le cœur soulagé d'un grand poids, Edward regarda le petit homme tiré à quatre épingles grimper dans la camionnette Carpet City et la sortir prudemment en marche arrière. Il remarqua alors pour la première fois les odeurs qui montaient du rez-de-chaussée : crêpes et saucisses.

Hier matin, son père avait dû prendre son petit déjeuner à Pottsville, et ce matin, sa mère lui avait servi ses mets favoris.

Lorsque Edward entra dans la cuisine, Mme Small nettoyait la poêle à crêpes avec un essuie-tout en papier. Sa chevelure était couverte de bigoudis et une goutte de pâte à crêpes était collée sur sa joue, mais elle lui parut plus jolie que jamais. La porte de derrière était grande ouverte, laissant entrer un souffle de brise parfumé par le chèvrefeuille des Witherspoon et, dans le jardin, un faucon de prairie à poitrine blanche était perché sur le côté relevé de la balançoire.

– Salut, m'man.

– Ah, Edward. J'en ai pour une seconde. Il faut que je nettoie ça.

– Il te reste de la pâte ?

– En quantité.

– Alors, pas la peine de nettoyer la poêle. Je mangerai des crêpes, moi aussi.

Sa mère haussa les sourcils. Il était censé ne pas aimer les crêpes.

– J'ai envie de changer, expliqua-t-il.

– Vraiment ? Tu dois mourir de faim, tu t'es couché sans dîner, hier soir.

Elle ouvrit le réfrigérateur et sortit le bacon.

– Combien de tranches te sens-tu capable d'avaler ?

– Laisse tomber le bacon, m'man, dit-il en s'asseyant devant la table.

Elle lui lança un regard intrigué puis elle s'absorba dans la confection des crêpes, dont une pile garnit bientôt l'assiette d'Edward. Lorsqu'il les eut mangées, il lécha ses doigts poisseux de sirop et demanda à sa mère quelle modification elle avait apportée à sa recette.

– C'est toujours la même pâte, mon chéri. Je suppose que tu n'en veux plus ?

– Ben... je ne dirais pas non, répondit-il en tendant son assiette toute collante.

– Tu n'as quand même pas envie de goûter des saucisses ?

Il était censé détester les saucisses mais, ce matin, leur odeur lui paraissait moins écœurante que de coutume.

– Ben... une petite, peut-être.

Finalement, il mangea une demi-douzaine de crêpes et trois saucisses. Une fois repu, il offrit d'aller réveiller Priscilla pour témoigner à sa mère combien il lui était reconnaissant de ne pas l'avoir soumis à un interrogatoire serré au sujet des taches de bitume sur le tapis.

Il n'était pas retourné dans la chambre de sa sœur depuis la partie de poker. Les rideaux étaient fermés et la pièce baignait dans la douce lueur rose de la veilleuse. Priscilla dormait, la tête nichée au creux de son oreiller. Son petit poing était crispé sur le bord du drap remonté jusqu'au menton, et une mèche de cheveux dorés barrait sa joue nacrée. Au lieu de la réveiller, Edward contempla son candide visage endormi.

Il fit demi-tour et traversa le palier sur la pointe des pieds pour gagner sa propre chambre. Après avoir déplacé la pièce d'or, il ouvrit sa cassette, la vida de toutes les pièces et de tous les billets qu'elle contenait, et porta le tout dans la chambre de sa sœur. Il retira l'oiseau de peluche rouge et déposa délicatement l'argent sur l'oreiller, afin que ce fût la première chose qu'elle vît en ouvrant les yeux. Edward retourna dans sa chambre pour prendre ses livres, mais le seul qu'il y trouva fut *L'Age des dino-saures* : son cartable était resté au rez-de-chaussée. Au moment où il reposait son ouvrage de prédilection sur l'étagère, son regard tomba sur l'aigle aux ailes déployées ornant la pièce d'or. Contrairement aux oiseaux admiratifs de son rêve, l'aigle fixait sur lui des yeux durs, sévères. Edward sortit la précieuse pièce de son écrin, retraversa le palier sur la pointe des pieds et l'ajouta au trésor posé sur l'oreiller de sa sœur.

Quand il était descendu pour la première fois, il avait pris soin de détourner les yeux du vestibule. Cette fois, il oublia cette précaution. La vue du Boukhara bloqua net son élan. Il avait dû traverser ou contourner ce tapis un bon millier de fois mais, jusqu'ici, il n'avait jamais remarqué que de ses couleurs fanées et de ses motifs enchevêtrés émanait une étrange et fascinante splendeur.

– Priscilla est-elle réveillée, mon chéri.

Edward détourna ses yeux affligés de la beauté souillée du tapis.

– Excuse-moi, m'man. Vaut mieux que tu ailles la secouer.

Sa mère lui tendit son cartable.

– J'ai oublié de te demander comment s'était passé ton exposé, hier.

En regardant la cuisine par la porte du vestibule, Edward remarqua que les tulipes rouges, dans la bouteille de lait, commençaient à se faner. Quelques pétales gisaient déjà sur l'appui de la fenêtre.

– Je ne l'ai pas fait, dit Edward.

– Quoi… encore ? Pour l'amour du ciel, qu'est-ce qui t'empêche de préparer un exposé tout simple ?

Mme Small soupira.

– Edward, j'aimerais bien que tu cesses de me raconter des histoires.

– Je te jure que je l'avais rédigé.

– Mais alors, pourquoi n'as-tu pas fait ton exposé, mon chéri ?

Il baissa la tête.

– Parce que… parce que j'ai la trouille.

Il balança son cartable par-dessus son épaule et contourna le tapis pour gagner la porte d'entrée. Sur le paillasson, la *Gazette* hebdomadaire de Molebury, roulée, cachait les lettres noires formant le nom Small. Edward ramassa le journal et, en se retournant pour le lancer à l'intérieur de la maison, il se trouva nez à nez avec sa mère qui se tenait juste derrière lui, sur le seuil. Elle glissa le journal dans la poche de sa robe de chambre et embrassa Edward.

– Bonne journée à l'école, mon chéri.

Il hocha la tête d'un air dubitatif et gagna la rue par le sentier dallé qui traversait la pelouse. Le ciel était aussi gris que les dalles, mais le baiser de sa mère le faisait paraître un peu moins sombre. Le souvenir de l'ossement de dinosaure caché dans l'arbre creux lui remonta également un peu le moral. Peut-être

pourrait-il en prendre une photo et l'envoyer à l'un des paléontologistes cités dans *L'Age des dinosaures* ? En approchant de
Waverly Avenue, il lui vint une idée plus farfelue. Il posa son
cartable contre une haie et siffla trois notes, une moyenne, une
basse, et la plus aiguë qu'il fût capable de produire. Toutes trois
lui parurent fluettes, puériles. Vexé, il recommença. Les trois
notes ne s'améliorèrent nullement mais, cette fois, il vint
quelqu'un.

– Salut, Small. Toujours d'un seul tenant ?

Edward pivota sur ses talons. Le visage constellé de taches de
rousseur de Billy Gritch arborait un sourire malicieux.

– D'un seul tenant ? dit Edward qui se sentait bizarrement
soulagé de voir Billy vivant et en bon état. Qu'est-ce que tu
veux dire ?

– La terreur ne t'a pas ratatiné ? Je parle de la mère Krumb-truc.

A ce moment-là Edward s'aperçut qu'il avait posé son cartable contre la haie de houx des Lundquist, tout hérissée de
feuilles piquantes, mais il se surprit lui-même en éclatant de
rire et en ripostant :

– Si elle m'avait ratatiné, ce n'est plus Small qu'il faudrait
m'appeler, bien que mon nom signifie « petit », c'est au moins
Smallissime ! Edward Smallissime junior !

Billy rugit de joie.

– Ça, c'est la meilleure !

Au lieu de pousser Edward dans la haie ou de lui décocher un
coup de poing dans le gras du bras, Billy lui tapa dans le dos.

L'un des livres qu'il portait sous son bras tomba, et Edward le lui ramassa.

– Allez, faut que je me grouille, dit Billy, mais en reprenant son livre – c'était le manuel de rédaction – il plissa ses yeux verts. Dis donc, la rédaction, c'est ton truc, non ? ajouta-t-il.

– La rédaction ? Disons que je me défends un peu mieux en rédaction qu'en maths.

Billy prit l'air songeur.

– Ça te plairait de me donner un coup de main pour la butte ?

– Avec plaisir ! Ce n'est pas tricher que de la relever un peu, hein ?

– Bien sûr que non. Ça profitera autant à leur gaucher de quatre sous qu'à moi. Viens, on y va.

Pour suivre les longues foulées de Billy, Edward dut trottiner pendant la moitié du chemin, et ils arrivèrent à l'école bien avant la première sonnerie. Au collège de Molebury, le base-ball, en règle générale, attirait beaucoup moins de spectateurs que le football, mais quand l'adversaire était Pottsville, il y avait toujours un public nombreux. C'est pourquoi, pour le match de ce jour-là, on avait aménagé des tribunes autour du terrain. Toutefois, dans la lumière grise du petit matin, les seuls occupants de ces tribunes étaient quelques pies.

Toute fatigue inutile devant être épargnée au bras vedette, l'aménagement de la butte du lanceur échut en grande partie à Edward. Billy s'allongea sur le gazon et pérora. Il connaissait chacun des joueurs de l'équipe de Pottsville par son nom, sa classe et ses performances de batteur, et plus il pensait à eux, plus il se sentait certain de les « pulvériser ».

– Lester Bigs, ce type de terminale qu'ils ont pris comme capitaine ? Celui qui avait expédié une balle sur le toit de l'école, l'année dernière ? Bon, d'accord, ce n'est pas moi qui lançais... Encore à peu près cinq centimètres, Sm... Edward.

Bon, alors Lester Bigs, hein ? Il sait réceptionner une balle rapide, ce gros bœuf, faut lui reconnaître ça. C'est ce qui lui a permis de se faire homologuer par la fédération. Seulement, la vérité, c'est qu'il n'a jamais vu une balle liftée. Devant une balle liftée, il sera perdu. Or, des balles liftées, je n'en ai pas qu'une, j'en ai deux, d'accord ? Une le long de la zone de prise et le truc du doigt crochu que m'a appris mon paternel. Alors voilà ce que je vais lui servir, à Bigs : d'abord la balle qui remonte vers l'intérieur, et ensuite celle qui redescend vers l'extérieur.

Billy renversa la tête en arrière et éclata de rire.

– Il ressemblera à grand-maman Gritch essayant d'écraser des mouches !

Après avoir expliqué comment il s'y prendrait avec chacun des batteurs de l'équipe de Pottsville, Billy était fermement convaincu que, cet après-midi-là, il allait battre un record national. Sa confiance en lui était impressionnante.

– Le bras est dans une forme terrible, confia-t-il en contemplant le membre en question avec respect. Si le soleil se montre, ça m'aidera : à quatre heures, les batteurs droitiers l'ont en plein dans l'œil. Mais je n'ai pas besoin de ça, d'accord ? (Billy fronça les sourcils.) Tu sais ce qui me chiffonne ? Tu lances du tonnerre, tu piges ? Tu fais une partie qui mériterait de passer à la postérité, tu vois ? Et qu'est-ce que ça te rapporte ?

Edward tassa vigoureusement la terre, heureux de se salir les mains pour une aussi noble cause.

– Mary Beth Chalmers ? hasarda-t-il.

Billy ricana.

– Ouais, peut-être... mais je parlais du bénéfice que tu en tires à long terme, en dehors d'une luxation de l'épaule.

– Je ne sais pas. Une bourse d'études de l'État, peut-être ?

– Pour aller à l'université ? Avec les notes que j'ai à l'oral ? Mon vieux, j'aimerais avoir les tiennes.

Edward leva les yeux, surpris par le ton admiratif de Billy.

– Ecoute voir, continua Billy. Pourquoi n'écrirais-tu pas un article décrivant la partie ? S'il était convenablement rédigé, la *Gazette* le publierait en dernière page, celle des échos locaux, dit-il en levant pieusement les yeux au ciel. Seigneur, ce serait tellement merveilleux de voir mon nom imprimé dans la *Gazette* ! Mon paternel a eu droit à la dernière page une fois, quand il avait pêché ce poisson-chat de trente livres. Mon vieux, c'était un vrai monstre ! Qu'est-ce que t'en dis, Sm... Edward ?

– Est-ce que c'est signé ? s'enquit Edward en songeant combien sa mère serait fière de lire le nom de son fils.

– Probablement pas pour un petit écho sportif, mais... si tu en écrivais plusieurs, je suis sûr que M. Forster – c'est le directeur – mettrait au moins tes initiales. Mon paternel le connaît un peu... pour avoir trinqué avec lui à la taverne de l'Œil du faucon.

– Hank Forster, précisa Edward d'un air connaisseur. Ma mère travaille pour lui.

– Alors, c'est dans la poche ! Bon sang, pourquoi n'ai-je pas eu cette idée le mois dernier ? Tu aurais pu couvrir toute la saison. A l'heure qu'il est, tout le monde saurait qui est Billy Gritch... Encore un centimètre dans ce coin-là et c'est bon.

Une fois la butte édifiée à la satisfaction de Billy, Edward suivit son nouvel ami vers le bâtiment de l'école. Le projet de Billy lui en suggérait un autre. Et s'il montrait l'ossement à M. Forster, c'est peut-être son nom à lui qui paraîtrait dans la *Gazette*. Mais l'ossement lui rappela le Boukhara souillé.

Billy Gritch s'assit à côté de lui pendant le cours d'histoire de la première heure et le cours de rédaction de la troisième heure, mais Edward ne put profiter pleinement de ce privilège. La perspective de l'exposé de maths avait chassé de ses pensées le tapis et l'ossement. Il y avait une pendule dans chaque salle de classe, et chaque tic-tac lui paraissait un peu plus bruyant que le précédent. A l'heure du déjeuner, ils lui martelaient la cervelle comme des marteaux-pilons. En sortant du réfectoire, il se faufila dans la cave par la porte du hall.

La voie était libre. Depuis la veille, l'un des bidons rangés contre le mur de la cave avait été déplacé, mais il n'y avait pas trace du vieux Crimmins, pas non plus de Prince furetant dans les coins. Edward se laissa tomber sur l'avant-dernière marche de l'escalier. Si seulement il parvenait à esquiver la classe de maths de l'après-midi, c'est tout un merveilleux week-end qui s'ouvrirait devant lui! Il jeta un coup d'œil sur les nattes de judo, sous l'escalier. Une autre cachette serait-elle plus sûre? Une odeur familière lui chatouilla les narines. Il renifla en regardant le bidon déplacé; l'un de ses côtés portait l'inscription « shampooing à tapis ». L'odeur était celle de la camionnette du père d'Edward. Le concierge devait être au rez-de-chaussée, en train de nettoyer la moquette de la salle des professeurs ou celle du bureau du proviseur.

Les effluves du détachant produisirent sur Edward un effet curieux. Ils firent surgir dans sa tête les mots que son père avait prononcés dans la camionnette le mercredi précédent: « La

peur est une chose bizarre. Elle ne se développe que dans les coins sombres, comme l'intérieur de ta tête. Le truc, c'est de l'exposer en pleine lumière : tu dois cesser de te tourmenter et passer à l'action. A ce moment-là, le plus dur est fait. »

Comme c'était bizarre de se rappeler avec une telle précision une chose dite par son père ! On aurait cru que les mots s'étaient emmagasinés dans sa mémoire dans un but précis pour en ressortir au moment voulu comme les graines du laiteron qui attendent dans leur cosse, le long des voies de chemin de fer, l'instant où elles germeront. Se pouvait-il que son père ait dit vrai ? Devenir la risée de toute la classe serait assurément horrible, mais est-ce que cela ne vaudrait pas mieux que de continuer à se tourmenter ? L'angoisse le rongeait, elle l'empoisonnait comme le bitume empoisonnait les arbustes qui entouraient la fosse. « Parce que j'ai la trouille », avait-il avoué à sa mère. Et comment l'avait-elle puni d'avoir peur ? En l'embrassant !

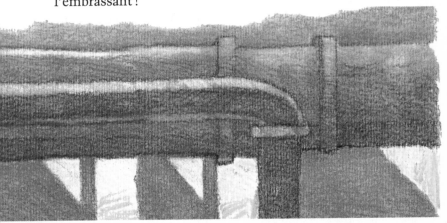

 EDWARD REMONTA L'ESCALIER JUSQU'AU GRAND HALL. LA SON-NERIE NE RETENTIRAIT PAS AVANT UN QUART D'HEURE, MAIS IL SE rendit tout de suite à la salle 23 pour ne pas risquer de changer d'avis. Mme Krumbcutter leva les yeux avec étonnement des papiers qu'elle était en train de classer, et il ne put s'empêcher d'éprouver un certain soulagement en constatant qu'elle n'était pas réduite à une paire de lunettes à monture d'acier.

– Edward... vous êtes en avance.

– Je... je me suis dit qu'il serait préférable que je nettoie les tableaux, Mme Krumbcutter.

– Eh bien, comme vous le voyez, je l'ai déjà fait. J'ai pensé que vous en auriez peut-être assez de nettoyer les tableaux.

Il s'assit donc et essaya de relire le texte de son exposé, mais les chenilles de son estomac se métamorphosèrent en papillons noirs voletant follement à l'intérieur de lui. Lorsque les filles commencèrent à arriver sous la conduite de Mary Beth Chalmers, il était bien trop nerveux pour se demander si ses baisers étaient véritablement mouillés. Les garçons envahirent la salle à l'instant précis où le dernier écho de la sonnerie s'éteignait dans le couloir.

Après leur avoir laissé une demi-minute pour reprendre leur souffle, Mme Krumbcutter réclama le silence et mit généreusement fin à l'angoisse d'Edward... comme un entraîneur met un terme aux souffrances d'un cheval estropié en lui logeant une balle dans le crâne.

– Nous commencerons la classe de cet après-midi en prêtant à Edward Small une oreille attentive, annonça-t-elle aux élèves. Edward va nous exposer en quelques minutes les principes traités dans le chapitre 33.

Les cinq minutes qui suivirent défilèrent un peu comme celles de son rêve de la nuit précédente. Se dirigea-t-il vers le tableau noir en marchant, en volant ou en rampant ? Il ne le saurait jamais. Pas plus qu'il ne saurait si c'était lui qui avait pris un bâton dans la boîte de craie ou si celui-ci avait sauté tout seul dans sa main. Ni s'il s'était raclé la gorge trois fois ou seulement deux fois avant de pouvoir en sortir un mot. Mais ce qui était absolument certain, c'est que sa main tremblait terriblement pendant qu'il inscrivait la première équation type sur le tableau noir, et que ce tremblement n'était rien comparé à celui de sa voix.

– Un nomb... Un nombre réel peut être po-positif, négatif ou égal à z-z-z-zéro, bredouilla-t-il en se sentant lui-même égal à zéro, mais le produit de deux nombres réels de même signe est toujours positif. Partant de ce principe...

En achevant d'écrire l'équation type, il toussa deux fois. L'étreinte de la peur se resserra autour de sa gorge. Ses auditeurs admettraient-ils une troisième quinte de toux ?

– Très bien, Edward, dit Mme Krumbcutter en volant à son secours après un silence embarrassant. Ce dernier signe est-il un y ou un 4 ?

Mme Krumbcutter se tenait sur le côté, devant la fenêtre, et, à contre-jour, sa chevelure frisottée prenait l'aspect d'une auréole.

– Un y, madame Krumbcutter, parvint-il à répondre en effaçant le signe trembloté et en le récrivant.

Cette courte interruption – à moins que ce ne soit le « très bien » – l'aida à se ressaisir un peu, et quand il commença à inscrire la deuxième équation type, sa main était légèrement plus ferme. A dire vrai, le bruit de la craie sur le tableau évoquait moins un pivert qu'un soprano enroué mais, malgré tout, la deuxième équation fut raisonnablement lisible, et si la voix d'Edward ne fit pas vibrer les carreaux, elle fut également un peu plus ferme.

Il aborda la deuxième page de son texte. Miraculeusement, son bégaiement était en train de se dissiper. Pour la première fois, il fit volontairement une pause et regarda vraiment son

auditoire. Il ressentit un élan de sympathie inaccoutumé pour ses condisciples.

Serait-il possible que son père ait su de quoi il parlait et que l'angoisse soit vraiment le pire ? En tout cas, les feuilles qu'il tenait à la main ne tremblaient plus.

Quelques minutes plus tard, en écrivant sa dernière équation, Edward commença à ralentir. Une chose étrange était en train de se produire. A présent qu'il approchait de la fin, il se mettait à éprouver un réel plaisir à être le centre de l'attention générale. Il jeta sur la classe un nouveau regard circulaire. Bien entendu, il n'était pas vraiment le centre de l'attention générale. Il avait pu susciter un certain intérêt quand il bégayait, mais maintenant qu'il parlait du chapitre 33 d'une voix posée, les yeux de la plupart de ses camarades s'étaient détournés de lui. Ils étaient probablement en train de songer à des balles liftées, à des pompons, aux coups de téléphone du vendredi soir ou au dernier tube de Pott FM, mais ils étaient obligés de faire semblant de l'écouter, et cette sensation de pouvoir, d'emprise, était curieusement agréable, comme devait l'être celle de se tenir sur une butte de lanceur.

Lorsqu'il regagna sa place, Edward était trempé de sueur, mais cette humidité était plaisante, comme celle de la pluie après une longue période de sécheresse.

En retournant à son bureau, Mme Krumbcutter lui adressa un sourire chaleureux.

– Les nombres réels sont intéressants, n'est-ce pas, Edward ?
Il acquiesça. Le plus drôle, c'est que c'était vrai.

– J'espère que vous avez tous écouté attentivement, continua Mme Krumbcutter en s'adressant à l'ensemble de la classe, parce que ceux qui auront bien assimilé ces principes ne devraient pas éprouver de difficultés avec l'examen de fin d'année. Tous nos remerciements, Edward, pour nous avoir fait partager vos connaissances.

Les papillons noirs qui tournoyaient dans sa tête s'étaient tous posés, mais il flottait encore dans une espèce de brouillard lorsque Mme Krumbcutter se lança dans un exposé de son cru sur le chapitre 34. Bercé par le flux et le reflux de sa voix enthousiaste, il oublia un instant qu'il avait occupé sa place et qu'il en avait fait autant, et puis cela lui revint brusquement à l'esprit et il se sentit enveloppé par une bouffée de bien-être, comme la brise embaumée que l'on respirait le soir, dans le jardin, quand le chèvrefeuille de la famille Witherspoon était en pleine floraison.

DANS LE COULOIR, APRÈS LA
CLASSE, BILLY LUI DONNA UNE
BOURRADE AMICALE ET MARY
BETH LE GRATIFIA D'UN SOURIRE.

Edward se précipita pour leur ouvrir la porte de l'étude.

– Seigneur Dieu ! s'exclama Mary Beth en entrant la première.

Quelqu'un avait écrit « aux chiottes Pottsville » sur toute
la longueur du tableau noir.

– C'est dans la poche ! hurla Billy.

Cette dernière heure fut une véritable farce. Personne
n'ouvrit un livre. Par la pensée, tout le monde était sur le terrain de base-ball, et on croyait presque entendre les élèves bour-
donner contre les vitres comme des mouches. Lorsque le car
scolaire qui amenait l'équipe adverse entra en ronflant dans le
parking, les professeurs et les pions qui surveillaient l'étude
renoncèrent à prétendre que c'était une heure de travail comme
une autre et libérèrent tout le monde cinq minutes avant la
sonnerie.

Edward nageait dans une telle euphorie à l'idée d'en avoir fini avec l'exposé de maths, qu'il fut tout étonné de constater que le ciel était toujours couvert. Dans le vestiaire des garçons, le temps valut à Billy Gritch les condoléances de tout un chacun.

– C'est un sale coup qu'il n'y ait pas de soleil, Gritchie, lui dit le receveur en glissant sa ceinture dans les passants de sa tenue de base-ball toute propre. Ce matin, j'aurais pourtant mis ma tête à couper que ça allait se lever : les coqs ne tenaient pas en place.

– Oh, c'est pas grave, répondit Billy en ratant un passant de ceinture mais en sortant son maillot de sa culotte, ce qui faisait que ça ne se voyait pas. Comme ça, si quelqu'un décrit le match, il pourra dire que je tenais la grande forme, au lieu de raconter que l'adversaire avait le soleil dans l'œil. Pas vrai, Edward ?

Edward fut d'accord sur ce point, mais il jugea préférable de ne pas suivre Billy sur le terrain des pans de chemise flottants.

– Amenez-vous, les gars ! tonna la voix du moniteur à la porte du vestiaire. Allons leur flanquer une bonne dérouillée !

Les tribunes étaient presque pleines. En plus de la quasi-totalité des élèves du collège, il y avait beaucoup de parents, certains n'ayant pas hésité à quitter leur travail avant l'heure pour admirer leur rejeton. En règle générale, les pères étaient plus bruyants que les mères mais, ce jour-là, le fan le plus excité de l'assistance était une femme à la bouche édentée, coiffée d'un chapeau de paille, qui se dressa et commença à hurler : « Vas-y, Billy, ratatine-les ! » avant même le premier lancer.

– Hé, Gritchie, regarde, v'là ta mère, signala le receveur.

Billy ne se retourna pas vers les tribunes, mais ses joues devinrent aussi rouges que ses cheveux. C'était la première fois qu'Edward le voyait rougir... et la première fois qu'il ressentait un élan de pitié à son égard. Ses propres parents n'étaient pas là, évidemment. Pourquoi leur aurait-il parlé du match puisqu'il ne quittait jamais le banc des suppléants ? Cela lui donnait quand même l'occasion de regarder le capitaine des supporters, Mary Beth, diriger les acclamations dans son joli petit uniforme (un simple maillot de bain garni de quelques froufrous en guise de jupe) et de songer au sourire qu'elle lui avait adressé après l'exposé. Et ce jour-là, en plus, Billy lui fit l'honneur de venir s'asseoir à côté de lui chaque fois que l'équipe quittait le terrain au changement de batte.

Le seul but de Billy, évidemment, était de s'assurer qu'Edward tenait un décompte exact des points qu'il marquait en lançant des balles que le batteur adverse ne parvenait pas à renvoyer. Car, pour une fois, le lanceur rouquin était à la hauteur de ses fanfaronnades. Cet après-midi-là, contre Pottsville, la prestation de Billy fut véritablement grandiose. Il renvoya son adversaire dans trois des cinq premiers tours de batte et ne laissa jamais un joueur dépasser la première base. Les batteurs de Pottsville, dépités, commencèrent à l'accuser d'enduire les balles de brillantine, mais l'aspect de la tignasse hirsute de Billy dissuada leur entraîneur de formuler ce motif de plainte auprès de l'arbitre.

Renvoyé après ses trois tours de batte, Lester Bigs, le bovin capitaine de l'équipe de Pottsville, arracha du sol la plaque de caoutchouc indiquant le point de départ et d'arrivée du circuit des bases et la lança dans le filet d'arrêt. Cette explosion de dépit déclencha des clameurs d'indignation dans un camp, de joie dans l'autre, et le vieux Crimmins esquissa un pas de gigue derrière la ligne des balles fautes.

Au début du dernier tour de batte, le score indiquait : Molebury 9, Pottsville 0. Billy avait renvoyé douze fois le batteur adverse et il n'était plus qu'à un point du record homologué par la fédération. Le moniteur le maintint donc à son poste, alors qu'il avait décidé de remplacer tous les membres de l'équipe pour laisser Edward et quelques autres joueurs médiocres tenter leur chance. Quand Edward partit au pas de gymnastique occuper sa place dans le champ gauche, le vieux Crimmins en resta pantois.

– Non, mais tu te rends compte, Prince ? s'exclama le concierge. C'est le garçon qui court comme une fille !

Edward prit sa place derrière le troisième base. Totalement en confiance, cette humiliation ne le laissa pas sans voix. Un sourire furtif passa sur son visage, et il se tourna vers la butte du lanceur.

– Hé, Billy, regarde ça ! dit-il en désignant du pouce le concierge. Ce vieux chnoque parle à son chien !

La récente expérience d'Edward dans le domaine de l'art oratoire porta ses fruits : sa voix s'entendit jusqu'au dernier rang des tribunes et tout le monde éclata de rire, les joueurs comme les spectateurs. Le vieux Crimmins devint écarlate et cracha plusieurs jets de jus de chique à la file. Le hasard voulut que l'un de ces répugnants postillons tombât dans l'œil de Prince qui poussa un glapissement déchirant et détala ventre à terre. L'hilarité repartit de plus belle, si bien que la morose équipe de Pottsville elle-même finit par faire chorus, et le vieux Crimmins, après avoir marmonné deux ou trois fois « petit garnement » entre ses dents, n'eut plus qu'une solution : se montrer beau joueur et sourire d'un air penaud en exhibant des dents jaunies par le tabac.

L'assistance tout entière se leva pour applaudir lorsque Billy renvoya le premier batteur du dernier tour de batte. Le deuxième batteur frappa une balle rasante qui, malheureusement pour lui, atterrit directement sur le troisième base, qui la saisit au vol. Lester Bigs, qui faisait des moulinets dans le champ extérieur avec trois battes à la fois, vint tenter un ultime essai. Il rata la première balle, mais expédia la seconde très haut, en direction du champ gauche. Edward avala sa salive et fonça à la rencontre de la balle, convaincu qu'il ne l'attrape-rait jamais. Effectivement, il trébucha et faillit s'étaler, mais la balle poursuivit sa course et ter-mina sa trajectoire au-delà des limites du champ extérieur, ce qui en faisait une balle faute que personne n'était censé rattraper. Le lancer sui-vant, une balle rapide, sortit des limites de la zone de prise. Il fut suivi d'une balle liftée amor-tie que Lester Bigs rata une fois de plus, ce qui le fit renvoyer.

La foule explosa. Mary Beth et les autres sup-porters semblaient défier les lois de la pesanteur tellement elles sautaient haut en agitant leurs pompons. Tandis que les joueurs de Pottsville regagnaient furtivement leur autocar, les fans des tribunes entonnèrent leur chant de victoire :

– Gritch ! Gritch ! C'est toi le plus fortiche !

Lorsque le tintamarre se fut enfin calmé, l'équipe porta Billy et le moniteur en triomphe jusqu'au gymnase. Dans les douches, les joueurs reprirent leurs ovations, qui faillirent leur crever les tympans en se répercutant sur les murs carrelés. Une fois changé, Billy interrogea une dernière fois Edward sur les différentes phases du match pour être sûr qu'il avait tout saisi, mais il ne lui proposa pas de rentrer avec lui : Mary Beth faisait partie du groupe de filles qui attendait l'équipe à la sortie du gymnase et, comme prévu, elle offrit à Billy de lui laisser porter son cartable.

A dire vrai, Edward fut plutôt content de rester seul. Il alla chercher ses affaires, traversa le terrain de base-ball et gagna la voie ferrée. Mais il ne descendit pas dans le ravin. Au lieu de cela, il passa par le parking de la tréfilerie pour se rendre dans le centre de la ville, poussé par un étrange besoin de remercier son père du bon conseil qu'il lui avait donné au sujet de l'exposé.

Carpet City était situé dans Church Street, au beau milieu du quartier commerçant, mais Edward avait toujours considéré que c'était au diable vauvert, comme ces caravanes miteuses égrenées le long de la route de Pottsville. Le magasin était un bâtiment sans étage, recouvert de panneaux d'aluminium vert tilleul et couronné de grandes lettres en plastique rouge vif: Carpet City. Edward s'adossa à la devanture du coiffeur, sur le trottoir d'en face, et contempla le mot carpet. Au mois de mars, un ouragan particulièrement violent avait fait tomber le p contre le r, et son père se désespérait de ne pas parvenir à obtenir le support spécial indispensable pour remettre l'enseigne en état. Mais ce n'était pas à cela que songeait Edward. Il pensait de nouveau au Boukhara détérioré, et il se disait que ses remerciements ne compenseraient pas une pareille perte. Il fit tristement demi-tour et prit le chemin de la maison.

LORSQUE EDWARD PARVINT À LA PORTE DE LA CUISINE, UNE ODEUR DÉLECTABLE LUI CHA-TOUILLA LES NARINES. DU PLAISIR des anges, son dessert préféré ! Surpris, il jeta un coup d'œil à travers la porte à moustiquaire. Sa mère s'affairait au fond de la pièce, devant la machine à laver, tandis que Priscilla, assise devant la table, battait quelque chose dans un grand bol blanc. Spectacle surprenant s'il en fut !

– C'est à croire qu'il a chevauché des taureaux de rodéo, déclara Mme Small. Celle-ci est tachée de sang, et celle-là est en lambeaux.

Quand même ! Ses chemises ! Mais, curieusement, sa mère ne semblait nullement contrariée.

– Il n'y a sûrement pas de quoi faire trois couches, m'man, se plaignit Priscilla.

Mme Small s'approcha de la table et regarda dans le bol.

– Mais si, il y en a bien assez, dit-elle.

– N'empêche que j'aurais préféré deux couleurs différentes. Comme ça, on aurait pu marquer « Edward » dessus.

– On l'écrira avec du perlage de chocolat... ou avec des noix.

Edward recula de quelques pas et posa son cartable. Seraient-elles en train de lui préparer un gâteau si elles avaient vu son rêve de la nuit précédente ? Ecrasé de culpabilité, il se laissa tomber sur le siège abaissé de la balançoire.

Au bout d'un instant, le cocker des Witherspoon se faufila sous la clôture et entreprit de creuser un trou dans l'un des massifs de fleurs de Mme Small. « Stupide animal, se dit Edward. Pourquoi n'enterre-t-il pas ses os dans son propre jardin ? »

Cela lui donna une idée. Au lieu de chasser le chien, il contourna rapidement la maison et reprit Summit Street. Quelques minutes après, il descendait dans le ravin. Il était plus tard que d'habitude et le bois était obscur et bourdonnant de moustiques, mais Edward n'alla que jusqu'à l'arbre creux, à mi-pente.

L'os était toujours là, enveloppé dans sa veste de pyjama. Il le remonta en haut du sentier, puis le porta sur l'épaule comme une batte de base-ball. En débouchant dans Church Street, il aperçut M. Forster, le directeur de la *Gazette*, qui marchait devant lui sur le trottoir. Edward ralentit. Plutôt que d'essayer de faire parler de lui dans le journal à cause de sa découverte, il avait décidé de faire cadeau de l'os à son père. Ça devait sûrement valoir très cher, peut-être assez pour payer le nettoyage du tapis.

Au carrefour suivant, M. Forster entra à la taverne de l'Œil du faucon. Sur la porte, un écriteau annonçait « 5 h à 7 h – Apéritif musical » et, pendant quelques secondes, des flonflons nasillards de country music se déversèrent sur le trottoir. Puis la porte se referma et Edward pressa le pas jusqu'à Carpet City.

Il trouva son père sur le quai de chargement, derrière le magasin, en train de superviser le découpage des thibaudes en caoutchouc mousse.

– Edward ! s'exclama M. Small apercevant son fils qui gravissait les marches métalliques conduisant à la plate-forme.

Pour une fois, Edward n'aurait vu aucun inconvénient à être appelé Eddie.

– Salut, p'pa, dit-il. Je voulais seulement...

– Attends une minute, veux-tu ? Nous arrivons à la dernière. Ça ira, Chuck. Ce sont des 3 x 5 standard, 2,95 x 4,95 pour la thibaude.

– Très bien, monsieur.

Ce jour-là, Edward ne trouva rien d'anormal à ce que Chuck, un colosse dans la force de l'âge, appelle son père « monsieur ».

Chuck découpa la thibaude et M. Small vérifia les mesures avec son mètre ruban métallique. Pendant que les deux hommes entreprenaient de rouler toutes les feuilles de caoutchouc qu'ils avaient découpées, Edward posa son os contre le mur et demanda s'il pouvait donner un coup de main.

– Un peu de patience, fiston, répondit M. Small. On va avoir fini.

Edward soupira et s'adossa au mur, à côté de l'os. Tout ce qu'il voulait, c'était rendre service, il ne cherchait pas à bousculer qui que ce soit, mais il ne pouvait pas en vouloir à son père de se montrer méfiant, car jamais, auparavant, il n'avait proposé son aide au magasin. Chuck appariait les thibaudes avec les tapis, et M. Small rassemblait toutes les chutes de caoutchouc, qu'il jetait dans la boîte à déchets.

– Merci, Chuck, dit M. Small. Vous pouvez partir, je fermerai.

– Très bien. A lundi, monsieur.

Chuck rentra dans le magasin. M. Small s'essuya les mains avec un chiffon.

– A propos, dit-il, Chuck m'a appris que le match contre Pottsville avait lieu aujourd'hui. Vous avez gagné ?

Edward hocha la tête.

– On les a massacrés. Billy Gritch a été formidable.

– Tu as joué ?

Edward haussa les épaules.

– Un petit peu.

– Et ton exposé de maths ? Comment ça s'est passé ?

– Oh, très bien. Tu sais, ce que tu me disais l'autre jour... eh bien, tu avais vraiment raison. Une fois lancé, je ne m'en suis pas si mal tiré.

– Tant mieux, dit M. Small en souriant. Ça me fait vraiment plaisir. Qu'est-ce que c'est que ça ? dit-il en montrant l'os.

– En fait, je suis venu te parler de ton tapis, lui dit Edward. Ton Boukhara.

M. Small en perdit son sourire. Son visage rond, déjà bleui par la barbe, s'assombrit encore un peu plus.

– Ah ? Qu'est-ce que tu voulais me dire ?

– Je me demandais combien il vaut.

– Combien il vaut... ou combien il valait ?

Edward poussa un nouveau soupir.

– Combien il valait.

– Dans les sept mille dollars, à peu près.

– Et maintenant ?

– Je ne sais pas. Je ne donnerais pas cher d'un tapis barbouillé de bitume. Et toi ?

– On ne peut pas le nettoyer ?

– Pas sans l'envoyer à l'un des grands spécialistes de la restauration, à New York ou à Chicago. Ce qui, l'un dans l'autre, reviendrait probablement aussi cher que la valeur du tapis.

Sept mille dollars !

– J'ignore si ceci vaut autant, p'pa, dit Edward en déballant le fossile, mais c'est le seul objet de valeur que je possède. J'ai donné ma pièce d'or à Prissie.

M. Small examina l'os avec curiosité.

– Qu'est-ce que c'est ? Une tapette à tapis africaine ?

– Je crois que c'est une mâchoire d'allosaure de la période jurassique, mais elle pourrait également provenir d'un tyrannosaure du crétacé n'ayant pas atteint son plein développement. Elle a jailli du lac de bitume pendant la nuit de mercredi. (Edward baissa la tête.) Ce soir-là, j'ai aussi égaré ta lampe-torche.

Mais la perte de la lampe-torche n'était pour rien dans l'expression peinée de M. Small.

– Toi et tes dinosaures, dit-il d'un ton affligé.

Tu ne trouves pas que l'histoire de la laryngite suffisait comme boniment pour cette semaine ?

– Mais, p'pa, c'est vraiment un os de dinosaure. Qu'est-ce que ça pourrait être d'autre ?

Le téléphone du magasin sonna. M. Small posa l'os dans la boîte à déchets et alla répondre. Peu après, il passa la tête à la porte.

– J'en ai pour un moment, fiston.

– Tu ne veux pas que je t'aide à fermer le magasin ?

– Non, rentre à la maison.

M. Small se détournait déjà lorsque Edward se rappela les nuées de moustiques qui infestaient le ravin.

– Je pourrais peut-être t'aider à poser les moustiquaires sur les fenêtres, pendant le week-end.

M. Small le regarda bizarrement.

– On verra ça.

Quand son père eut disparu, Edward extirpa l'os de la boîte à déchets, bien décidé à lui donner une nouvelle chance à la maison. En quittant le magasin, il se dirigea vers le cinéma pour voir le programme de la matinée du lendemain, mais il fit rapidement demi-tour en se rappelant qu'il avait donné à sa sœur jusqu'à son dernier cent.

En passant devant la vitrine du coiffeur, il aperçut les magazines de bandes dessinées étalés sur la table. La couverture de l'un d'eux représentait un super-héros aux prises avec un gigantesque monstre vert couvert d'écailles. La puérilité de cette image le fit sourire.

Quelques minutes plus tard, il remontait Summit Street. Dans la cour de l'un des pavillons, le petit frère d'un de ses camarades de classe et un autre gosse du quartier jouaient au Jokari en frappant la balle avec une telle vigueur qu'on se demandait comment l'élastique résistait. Des oiseaux gazouillaient dans les caroubiers et, sur le trottoir d'en face, un caniche blanchâtre, tondu façon lion, aboyait après une petite fille vacillant sur une bicyclette munie de stabilisateurs.

Aucun d'entre eux ne vit passer Edward avec son os sur l'épaule.

Soudain, Edward s'arrêta. Les joueurs de Jokari cessèrent de taper sur la balle qui retomba mollement contre le support. Sur le trottoir d'en face, la petite fille s'immobilisa une pédale en l'air. Même les oiseaux et le caniche firent silence. Sauf dans son rêve, Edward n'avait plus vu le soleil depuis le mardi précédent, mais celui-ci venait de se faufiler sous la voûte des nuages et les illuminait tous d'une étonnante lueur écarlate qui leur donnait l'aspect étincelant de tisons qu'un géant embraserait à grands coups de soufflet. Jusqu'aux grands ATM blancs des cheminées jumelles de la vieille fonderie, qui brillaient d'un éclat rougeoyant. Tout le monde ouvrait des yeux éberlués, sidéré qu'une journée aussi grise puisse changer si brusquement. Pour Edward, cela évoquait le bon vieux temps d'avant sa naissance, quand les cuves de fonte en fusion se transformaient en acier trempé dans la fonderie... à moins que ce ne fût un rêve. Mais il était à peu près certain d'être bien éveillé.

À LA MAISON, EDWARD POSA L'OS SUR LA TABLE DU VESTIBULE, OÙ SON PÈRE NE POURRAIT MANQUER DE LE VOIR EN RENTRANT.

Effectivement, en arrivant, M. Small emporta l'os dans la cuisine pour le montrer à sa femme.

– Qu'est-ce que tu penses de ça, chérie ? demanda-t-il.

Mme Small, qui s'apprêtait à vérifier la cuisson du rôti, retira sa moufle isolante et tâta du bout des doigts l'une des énormes dents.

– Bonté divine ! dit-elle.

– Eddie s'est fourré dans la tête l'idée saugrenue qu'il s'agit d'un fossile de dinosaure. N'empêche que ça sort vraiment de l'ordinaire...

Les bonnes odeurs du dîner ne tardèrent pas à attirer Edward et Priscilla mais, au lieu de se mettre à table, les Small tinrent un conseil de famille au sujet de l'os. La discussion se prolongea longtemps, jusqu'au moment où Priscilla trancha le problème.

– Papa, déclara-t-elle en tendant sa petite main potelée, je te parie un dollar cinquante que c'est un véritable os de dinosaure.

M. Small gratta sa tonsure avec perplexité. Avec n'importe qui d'autre, il aurait topé sans hésiter, mais Priscilla avait le don déconcertant de toujours gagner ses paris.

– On pourrait peut-être passer un coup de fil à l'université, suggéra-t-il. Qu'en penses-tu, chérie ?

– Je ne vois aucun mal à demander l'avis d'un spécialiste, Ed.

– Mais pas à l'université, p'pa, intervint Edward. J'ai déjà téléphoné au directeur de la section de géologie, un certain Flint, et c'est un pauvre type.

– Maman, je crois que quelque chose est en train de brûler, signala Priscilla.

– Oh, Seigneur !

Mme Small enfila prestement sa moufle isolante et ouvrit la porte du four, d'où sortit un nuage de fumée noire.

– Qu'est-ce qu'on mange ? s'enquit M. Small avec un manque de tact flagrant pendant que sa femme posait sur la cuisinière le rôti carbonisé.

– Un gigot d'agneau, hélas ! Je sais que tu détestes découper le gigot, à cause de l'os, mais c'était une promotion.

Les yeux de M. Small faisaient la navette entre le plat sortant du four et l'os posé sur la table.

– Il vaudrait peut-être mieux s'adresser directement au sommet, murmura-t-il. Regarde-moi ce truc. C'est trois fois plus long qu'un gigot d'agneau !

– Le sommet, Ed ?

– Le Muséum national d'histoire naturelle à New York. Tu penses qu'ils me croiront, si je leur téléphone ?

– Le Muséum national d'histoire naturelle ! s'exclama Edward.

– Eh bien, on ne risque sûrement rien à essayer, dit Mme Small. Et le plus tôt sera le mieux.

M. Small fit observer qu'il était plus tard sur la côte Est.

– Je les appellerai demain matin. Veux-tu m'affûter le couteau à découper, Eddie, pendant que je me lave les mains ?

– Bien sûr, p'pa.

Le lendemain matin, lorsqu'Edward descendit pour le petit déjeuner, on avait retiré le Boukhara pour éviter que le bitume s'incruste plus profondément dans la laine. Sans le tapis, le vestibule semblait tout nu, tout décati, comme le grand-père d'Edward en costume de bain. Après le repas, Edward remonta dans sa chambre pour rédiger l'article sur le base-ball que lui avait demandé Billy, mais il n'en était encore qu'au titre quand son père le rappela au rez-de-chaussée. Il le trouva en train de sortir l'os du placard à balais du vestibule dans lequel ils l'avaient mis à l'abri la veille au soir.

– Comme ça, je pourrai donner aux types du Muséum une description précise, expliqua M. Small qui portait son mètre ruban accroché à la ceinture bien qu'on fût samedi. Je vais les appeler tout de suite, et je désire que tu leur exposes dans quelles conditions exactes tu as découvert cet objet.

– Mais je te l'ai déjà dit, p'pa, protesta Edward. Il a émergé du lac de bitume en pleine nuit.

– Bon, eh bien, il est probable qu'ils voudront entendre la vérité à sa source.

– Mais je ne veux pas être la source de la vérité, p'pa ! Je t'ai fait cadeau de l'os, il t'appartient. Tu n'as qu'à dire que c'est toi qui l'as trouvé.

M. Small fronça les sourcils.

– Ce ne serait pas honnête vis-à-vis de toi, ni très correct vis-à-vis d'eux.

– J'ai esquinté ton tapis, pas vrai ? Tout ce que je désire, c'est te donner quelque chose qui compense en partie cette perte. De plus, ça risque de provoquer une grosse effervescence, avec interviews à la télé et tout.

– Et alors ? Tu as pris la parole devant ta classe de maths, non ?

– Mais, p'pa, il n'y avait qu'une vingtaine de camarades, en classe de maths ! Tandis que les téléspectateurs se comptent par millions !

M. Small sourit.

– De toute manière, fiston, j'imagine assez mal une équipe de télé débarquant à Molebury.

Mais Edward avait besoin de certitudes.

– On ne peut jamais savoir, p'pa. Et il ne m'arrive pas tellement souvent de te demander un service, avoue ? Explique-lui,
m'man.

Mme Small arrivait dans le vestibule chargée d'un panier en
plastique rouge plein de linge à laver.

– Si ça peut le rassurer, Ed. Il est réellement timide, tu sais.

M. Small gratta sa tonsure.

– Je suppose que ça ne fera de tort à personne, concéda-t-il. Si
c'est véritablement ce que tu souhaites.

– Croix de bois, croix de fer, p'pa ?

– Croix de bois, croix de fer !

Soulagé, Edward remonta au premier. La recherche d'un titre
chassa bientôt l'os de son esprit. L'article ne concernait qu'une
rencontre locale entre équipes junior, et si jamais la *Gazette* le
publiait, ce serait dans un petit coin de la dernière page.
N'empêche que trouver un titre ayant juste l'impact voulu
n'était pas évident. Avant de descendre, Edward avait griffonné
« Molebury bat Pottsville 9-0 », mais cela paraissait affreuse-
ment plat et il le barra. Molebury bousille Pottsville semblait
un peu argotique. Molebury étripe Pottsville faisait trop brutal.
Molebury burine Pottsville commença par lui plaire, mais
c'était vraiment tiré par les cheveux. Molebury dévaste
Pottsville. Ça, c'était bon ! Mais était-ce tellement bon ? Sa
seule raison d'écrire cet article n'était-elle pas de faire plaisir à
Billy Gritch ? Or, il y avait gros à parier que Billy ignorait le

sens du verbe « dévaster ». Molebury annihile Pottsville présentait le même inconvénient. Molebury enterre Pottsville sonnait bien. Trop bien, même, car Edward se rappela brusquement avoir déjà lu ce titre deux ans auparavant, lorsque leur équipe de football avait battu celle de Pottsville.

Le temps qu'Edward termine l'article, vérifie quelques orthographes et tape son texte sur la machine à écrire électrique de sa mère, l'après-midi tirait à sa fin. Il trouva son père dans le garage, essayant un détergent spécial sur le tapis souillé de bitume.

– Ça s'en va ? demanda Edward.

– Eh bien, disons qu'il y a un petit peu moins de bitume sur le tapis et un petit peu plus sous mes ongles, répondit M. Small en levant les yeux. Tu as laissé tomber le cinéma, aujourd'hui ?

Edward hocha affirmativement la tête.

– Tu as réussi à joindre le Muséum national d'histoire naturelle ?

– Bien sûr.

– A qui as-tu parlé ?

– A une femme charmante, le Dr Quelque-Chose. Elle paraissait très excitée. Elle a noté tous les renseignements et déclaré qu'elle allait en référer à son collègue, un certain Dr Johnson, si je ne me trompe.

– Johnson !

Edward était un peu déçu. On ne parlait pas de lui dans *L'Age des dinosaures*.

– En tout cas, la femme a été aimable. Pour une New-Yorkaise.

Edward compta les moustiquaires appuyées contre l'établi de son père.

– Tu veux qu'on les pose ?

– Aujourd'hui, il est un peu tard. On verra ça demain, en rentrant de l'église.

Le dimanche, le temps était ensoleillé sans être trop chaud et, en revenant de l'église, Edward déclara que c'était les conditions idéales pour poser les moustiquaires. Prises au dépourvu, sa mère et sa sœur se retournèrent et le regardèrent.

– Le sermon aurait-il fait une allusion quelconque aux moustiquaires ? murmura Mme Small en réfléchissant à haute voix.

Mais quand ils arrivèrent à la maison, il ne fut plus question de moustiquaires. Trois inconnus les attendaient à l'ombre du vieux chêne.

– Monsieur et madame Small, je présume ? dit le plus grand, le plus maigre et le plus vieux des trois, un homme arborant des sourcils blancs broussailleux et un large sourire. Je suis David Johanson, et voici mes collaborateurs. Vous avez parlé hier au Dr Joyce Brainsworth... et je vous présente le Dr Roger van der Weel, qui commence seulement à apprendre notre langue. Nous sommes venus aussi vite que nous avons pu.

– Du Muséum national d'histoire naturelle ? demanda M. Small.

Le Dr Joyce Brainsworth acquiesça. C'était une femme beaucoup plus opulente que Mme Small et, bien que ses cheveux fussent aussi gris que ceux de Mme Krumbcutter, elle les portait coiffés en queue de cheval.

– Tous paléontologistes, confirma-t-elle avec bonne humeur.

– Eh bien, vous n'avez pas perdu de temps ! dit M. Small en serrant les mains à la ronde. Voici ma femme, Pam, notre fils, Edward, et notre fille, Priscilla.

Lorsque le Dr Johanson lui tendit la main, Edward la serra, mais il était trop abasourdi pour dire quoi que ce fût. Son père avait dit Johnson. Mais le Dr David Johanson, lui, était cité dansx à quatre reprises, pas une de moins !

– Vous n'avez pas de bagages ? s'étonna Mme Small.

Le Dr Johanson expliqua qu'ils avaient pris des chambres en ville, à l'hôtel de l'Œil du faucon, et loué le break qui était garé le long du trottoir.

Mme Small les invita à entrer.

– J'espère que vous aimez les sandwiches au gigot, dit-elle. Le dimanche, nous déjeunons tard.

Edward ouvrit la porte aux visiteurs : le Dr David Johanson et deux autres authentiques paléontologistes du Muséum national d'histoire naturelle de New York pénétrant dans sa maison ! A dire vrai, le plus fascinant des trois était le Dr Roger

van der Weel. Le Dr van der Weel cachait
des épaules de déménageur sous un veston bizarre avec une ceinture dans le dos.
Il avait aussi une grande barbe blonde et
des yeux bleus qui brillaient comme la
flamme d'une cuisinière à gaz. Edward
n'avait jamais vu des yeux aussi extra-
ordinaires et, sauf à la télé, au cinéma
et dans les livres d'histoire, les seules
barbes qu'il lui ait jamais été donné de contempler étaient
celles des vagabonds qui, en été, campaient parfois le long de la
voie du chemin de fer.

– Puis-je vous offrir un peu de thé, ou du café? proposa genti-
ment Mme Small lorsque les trois visiteurs furent assis en rang
d'oignons sur le canapé du salon.

– Ce qui nous ferait surtout plaisir, répondit le Dr Joyce
Brainsworth qui était assise au milieu, ce serait de voir l'os.

Les deux hommes qui l'encadraient approuvèrent vigoureusement, et Mme Small se dirigea vers le placard à balais. Quand
elle en rapporta l'os, le Dr Roger van der Weel émit son premier
son : un hoquet de surprise.

– Mon Dieu, c'est un miracle! s'exclama le Dr Johanson en
prenant délicatement le fossile. Joyce, regardez ces dents !

– Allosaure, estima le Dr Brainsworth à mi-voix. D'où avez-
vous dit qu'il provenait, M. Small ?

– Du lac de bitume, madame, répondit la petite voix d'Edward. Au fond du ravin, derrière la tréfilerie.

– Un miracle ! répéta le Dr Johanson. Et il y a sûrement d'autres ossements au même endroit. Vous vous rendez compte, Joyce? Imaginez que nous découvrions un squelette complet !

– Allons, David, ne nous emballons pas. Même les squelettes de Mongolie sont incomplets.

« De Mongolie », songea Edward pétrifié de respect. Il regarda le Dr van der Weel tirer de la poche de son curieux veston un instrument qui ressemblait à l'un des compas de Mme Krumbcutter. Pendant que le Dr van der Weel utilisait cet objet pour mesurer l'une des énormes dents, la mère d'Edward s'excusa pour aller dresser la table.

Bien qu'il ne fût composé que de sandwiches, ce déjeuner fut le plus merveilleux de toute l'existence d'Edward. Démontrer qu'il avait eu raison au sujet du fossile ! Et voir son père présider la table, les yeux pétillants de satisfaction et paraissant tout aussi grand que le Dr Johanson ! Même quand, d'aventure, le regard de M. Small s'égarait sur le vestibule et son parquet dénudé, ses yeux continuaient à pétiller.

SI LE DIMANCHE FUT UN MIRA-
CLE, AUCUN SUPERLATIF NE
SAURAIT ÊTRE SUFFISAMMENT
MERVEILLEUX POUR DÉCRIRE
le lundi. Le matin, Mme Small commença par remettre à
Edward une excuse en bonne et due forme pour l'école, afin
qu'il puisse passer la journée en compagnie de son père et des
savants. Le Muséum national d'histoire naturelle avait accepté
d'assumer les frais de trois jours de location de matériel de dragage et, peu après que la sirène de l'usine eut sonné midi, trois
énormes camions à plate-forme arrivèrent de Pottsville, chargés de deux grues, d'une excavatrice, de plusieurs treuils électriques et d'un monceau de filets. Ces camions mirent deux
heures à descendre le raidillon empierré conduisant au fond du
ravin, et ils furent si bruyants, ils firent si bien grincer leur
boîte de vitesses, ils crachèrent de tels nuages de fumée noire
que les employés de la tréfilerie vinrent en foule voir ce qui se

passait. A trois heures de l'après-midi, quand les opérations de dragage débutèrent, c'était la moitié de la ville qui semblait s'être rassemblée dans le ravin, y compris Henry Forster et le photographe de la *Gazette*, la majeure partie du conseil municipal et les deux professeurs de sciences du collège de Molebury. Au coucher du soleil, on n'avait extrait du lac de bitume qu'une deuxième bobine en bois provenant de l'usine, mais le moral était au beau fixe.

Comme la recherche d'ossements de dinosaure semblait être une expérience d'une exceptionnelle valeur éducative pour les professeurs de sciences, le mardi matin, ils parvinrent à convaincre le proviseur que tous les élèves intéressés devaient être autorisés à manquer les cours pendant la durée du dragage. Le nombre d'élèves du collège de Molebury qui se découvrirent une passion pour les fossiles fut stupéfiant. En dehors de l'un des gardes du corps de Mary Beth (la grosse), qui détestait les escalades, et de deux garçons qui construisaient une fusée dans le laboratoire de sciences, la totalité du corps estudiantin émigra dans le ravin. Certains élèves prirent un malin plaisir à faire la grimace en déclarant le bitume «dégueulasse», tandis que d'autres grimpèrent dans les arbres bordant la clairière pour ne rien perdre du spectacle. On vit même les professeurs et les employés du collège. Mme Krumbcutter, il est vrai, resta à son poste dans la salle 23 en se berçant du fallacieux espoir que quelqu'un pourrait avoir l'idée de venir assister à un cours de maths, mais tous les autres, depuis le vieux Crimmins jusqu'au proviseur en personne, vinrent faire un tour sur le chantier de dragage.

– Un grand jour pour Molebury, n'est-ce pas, Henry ? dit le proviseur en chassant de la main les importunes graines d'érable qui s'entêtaient à atterrir sur son crâne.

– Une manchette de première ! rugit M. Forster. Et nous avons l'exclusivité de toute l'opération !

A deux pas de là, Edward observait le garçon qui, à demi caché par les branches, bombardait le proviseur de graines d'érable. Billy Gritch l'avait chargé d'aller demander au directeur du journal si l'article sur le match passerait dans la *Gazette* du vendredi suivant, et lorsque M. Forster s'éloigna pour s'assurer que son photographe avait bien pris un cliché du filet ruisselant de bitume que l'on venait de remonter, Edward lui emboîta le pas.

– Excusez-moi, M. Forster. Vous pensez avoir la place de publier mon article cette semaine ?

– Bien sûr, mon petit. Tu as un bel avenir de chroniqueur sportif.

– Vous avez déjà pris une photo de mon père, monsieur ?

– Oui, bon, enfin ne te tracasse

pas pour ça. Si
jamais ce bazar donne
quoi que ce soit, on pho-
tographiera ton père.

Edward passa tout le
mardi après-midi à côté du
journaliste pour lui signaler les occa-
sions de prendre un cliché intéressant
montrant son père en compagnie des savants. Mais M. Forster
n'appela jamais le photographe et, à quatre heures, quand les
filets remontèrent bredouilles pour la vingtième fois consécu-
tive, il couvait d'un œil concupiscent le vieux Crimmins qui
disparaissait à intervalles réguliers derrière la souche du chêne
abattu pour porter à ses lèvres sa flasque de whisky. A cinq
heures – l'heure de l'apéritif musical à la taverne de l'Œil du
faucon –, M. Forster, suant et soufflant, remonta le
chemin empierré.

A six heures, quand les moustiques commencèrent
à se manifester, les
dernières filles
désertèrent la place
et le peloton des gar-
çons ne tarda pas à les suivre.
A l'exception, bien entendu,
d'Edward, qui n'avait nullement

l'intention de quitter les lieux avant la nuit. Comme les trois paléontologistes, Edward continuait à s'exciter chaque fois que les treuils électriques se mettaient à cliqueter.

Quand la nuit finit par tomber, Edward montra à son père le sentier secret qui escaladait le flanc du ravin. Le lendemain matin, le mercredi, M. Small estima que si les élèves du collège avaient été autorisés à revenir, il n'avait pas le droit de laisser le pauvre Chuck tenir le magasin tout seul trois jours de suite. Il vint quand même faire un tour à l'heure du déjeuner, chargé de deux sacs pleins de hamburgers et de pommes frites pour Edward et les savants.

La matinée avait été décevante. Non seulement les filets étaient tous remontés vides, mais l'un d'eux s'était coincé au fond de la fosse et serait probablement perdu, ce qui augmenterait le coût de l'opération. Après le déjeuner, la foule s'éclaircit progressivement, jusqu'au moment où ne restèrent plus que quelques badauds qui n'avaient rien de mieux à faire, et les élèves du collège, qui auraient préféré la décharge municipale à leurs salles de classe. Et même ceux-là commençaient à trouver le temps long.

A trois heures et demie, un bruit nouveau, une sorte de pétarade crachotante, fit dresser l'oreille à tout le monde. Son auteur se révéla être M. Forster, descendant le chemin empierré dans un golf-kart. Il arrêta son engin à côté de l'excavatrice et alla rejoindre les savants au bord de la fosse. M. Forster écouta les déprimantes nouvelles des filets immuablement vides en hochant la tête d'un air entendu comme si c'était exactement ce qu'il avait prévu.

Pendant que le directeur de la *Gazette* questionnait les savants sur la somme que le filet coincé allait coûter au Muséum et sur d'autres détails de ce genre, M. Small arriva à pied de la direction opposée, ayant sacrifié sa pause-café pour voir comment les choses tournaient.

– Dis donc, c'est bon pour les chèvres, ton sentier, dit-il à Edward en s'épongeant le front avec la manche de sa blouse, ce qu'Edward ne l'avait encore jamais vu faire. Ta maman et Prissie sont venues ?

– Elles viennent de partir.

– Encore rien ? demanda M. Small avec optimisme.

Avant qu'Edward ait pu lui répondre, le conducteur de la grue poussa un cri strident, tel un marin repérant enfin le souffle d'une baleine.

– Hé, les gars, il y a quelque chose là-dedans !

Les garçons dégringolèrent des arbres comme une bande de babouins affamés et se ruèrent vers le lac de bitume.

Lorsque la grue eut déposé le filet sur la rive, le Dr Joyce Brainsworth enfila ses gants de travail et en sortit un objet. Tout le monde forma un cercle. L'objet en question était d'une taille décevante, pas plus de trente centimètres, mais sa forme évoquait un os. Le Dr Brainsworth essuya une partie du bitume dont il était enduit. Le soleil se réfléchit sur la surface nettoyée. Le Dr Brainsworth secoua la chose. Elle émit un bruit métallique.

– Une lampe-torche, annonça la paléontologiste en soupirant. Qui ne fonctionne même pas, ajouta-t-elle en appuyant sur le bouton de contact.

Les élèves rouspétèrent. Certains s'en allèrent en grognant contre la puanteur du bitume.

– Dites donc, Ed, vous êtes sûr que la mâchoire provient vraiment de ce fichu trou ? claironna M. Forster. J'ai l'impression que toute cette affaire est un fiasco aussi complet que la première, quand c'était nous qui usions nos fonds de culotte sur les bancs de l'école.

– Et cependant, c'est bien de là qu'elle est sortie, murmura M. Small.

– D'après Johanson, ce bastringue prend fin demain à midi. Je sens qu'il va falloir que je remanie mon éditorial. Mais ne vous inquiétez pas, j'y glisserai un mot sur l'os.

– Vous imprimez ce que bon vous semble, Hank, dit M. Small. C'est ça, la liberté de la presse.

Voir son père humilié de cette manière à cause de lui était plus qu'Edward ne pouvait en supporter.

– Ce n'est pas vrai, monsieur ? demanda-t-il d'un ton suppliant. Rien ne vous oblige à abandonner demain ?

– Je crains que si, répondit tristement le Dr Johanson. Cela va nous coûter plus cher que nous l'avions prévu, avec les frais de nettoyage et ce filet perdu.

– Quelle poisse, dit ce cul-terreux de receveur en crachant dans le bitume. Ça signifie que, demain, on retourne au bahut.

– De toute façon, j'en ai ras le bol, reconnut Billy qui se distrayait en creusant un trou avec le talon de sa botte.

Un nouveau match était prévu pour le surlendemain, vendredi, et quand Billy conseilla à ses coéquipiers de ne pas manquer une autre séance d'entraînement, l'équipe de base-ball au grand complet suivit M. Forster qui remontait le chemin dans son golf-kart pétaradant. Le reste des élèves ne tarda pas à en faire autant, et il n'y eut plus qu'Edward et son père pour tenir compagnie aux savants et à leur personnel. Le seul qui ne paraissait pas découragé était le Dr Roger van der Weel. Un peu à l'écart, les mains dans les poches de sa drôle de veste, le robuste et silencieux étranger scrutait de ses yeux perçants la surface du lac de bitume. Mais, bien qu'il fût à peu près l'heure de ses habituelles rêveries vespérales, Edward ne vit pas scintiller sur celle-ci les admirables reflets verts, argent et pourpres. Et, en regardant son père repartir au magasin la tête basse et le dos rond, il commença même à maudire le jour où il avait découvert le lac de bitume.

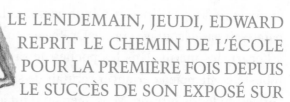 LE LENDEMAIN, JEUDI, EDWARD
REPRIT LE CHEMIN DE L'ÉCOLE
POUR LA PREMIÈRE FOIS DEPUIS
LE SUCCÈS DE SON EXPOSÉ SUR
les nombres réels, mais ce retour n'eut rien de particulièrement
triomphal. A l'appel, il répondit présent, mais ses pensées
étaient ailleurs. En fait, ce jeudi-là finit par ressembler curieusement au jeudi précédent, qui avait probablement été la journée la plus épouvantable de toute l'existence d'Edward.

Après le déjeuner, il donna un coup de fil, mais comme il
téléphonait chez lui, en ville, et non à l'université, dans la capitale de l'État, il n'eut pas besoin d'attendre que la secrétaire du
proviseur eût déserté son bureau. Sa mère lui confirma ce qu'il
redoutait : les camions à plate-forme étaient déjà sur la route de
Pottsville avec tout le matériel de dragage.

– Mais ne te tourmente pas, mon chéri. Personne ne fait grief
à qui que ce soit du temps perdu et des dépenses engagées.

Lorsque la sonnerie retentit, Edward se traîna au premier et s'affala, épuisé, derrière son bureau de la salle 23. Le lundi et le mardi soir, il s'était couché trop excité pour trouver le sommeil, et quand il avait enfin fini par s'endormir, ce n'avait été que pour bondir du lit à l'aube afin d'arriver au lac de bitume avant l'équipe de dragage. La nuit précédente, il se sentait encore léger comme un ballon et il avait dormi moins de cinq heures, mais la nouvelle communiquée par sa mère avait fait fuir tout l'hélium dont il était gonflé.

– Edward ? Réveillez-vous, Edward.

Les paupières d'Edward s'entrouvrirent. Pendant quelques secondes, il n'eut pas la moindre idée de l'endroit où il se trouvait. Et puis le mot Alexandre, gravé sur son pupitre, émergea de la brume.

– La classe est terminée, Edward. Comme vous aviez la courtoisie de ne pas ronfler, nous vous avons laissé dormir.

Il leva les yeux, hébété. Comme le jeudi précédent, il avait dormi pendant toute la durée du cours de maths, mais, cette fois, au beau milieu de la classe ! Et, maintenant, il était seul avec Mme Krumbcutter.

– Je crois qu'il serait préférable que vous rentriez chez vous et que vous vous reposiez, continua-t-elle. Je me charge de prévenir votre moniteur. Espérons que, demain, vous aurez l'œil vif et le poil lustré pour aborder le chapitre 35.

– Merci beaucoup, madame Krumbcutter, marmonna-t-il, sincèrement reconnaissant.

Cela semblait tout drôle de rentrer à la maison d'aussi bonne heure, d'être le seul élève de l'école à longer le trottoir, mais passer par la voie ferrée et le ravin lui aurait été trop pénible.

En arrivant chez lui, il resta un moment dans le vestibule dénudé, réfléchissant à la pitoyable compensation qu'il avait offerte à son père en échange du tapis détérioré. Sa mère sortit de la cuisine.

– Je me suis endormi en classe de maths, confessa-t-il piteusement.

– Ça ne m'étonne pas, dit Mme Small. Monte donc faire un petit somme dans ta chambre.

Edward alla se coucher et sombra aussitôt dans un sommeil sans rêves. Une fois ou deux, il lui sembla entendre le téléphone sonner, mais il fallut un choc sourd au rez-de-chaussée pour qu'il se réveille complètement. Il se redressa, se frotta les yeux et se sentit frais et dispos, ce qui n'avait rien de surprenant : le réveil marquait sept heures et demie. Il avait dormi tout l'après-midi et, pour la seconde fois, sa mère l'avait laissé sauter le dîner.

Les rideaux, qu'une brise légère gonflait comme la jupe de Mary Beth, laissaient filtrer les rayons d'or du crépuscule. C'était absolument ravissant, mais pas tout à fait normal. Est-ce que le soleil, d'habitude, ne se couchait pas de l'autre côté de la maison ? N'était-ce pas uniquement le matin que les rayons du soleil pénétraient directement dans la chambre d'Edward ?

Il regarda de nouveau le réveil. Il ne pouvait quand même pas être sept heures et demie du matin, le vendredi ? Il se leva d'un bond, ouvrit les rideaux et se pencha à la fenêtre. Le livreur de journaux longeait le trottoir d'un pas nonchalant sous le gai soleil matinal. Le choc qu'Edward avait entendu au rez-de-chaussée avait été produit par la *Gazette* hebdomadaire de Molebury heurtant la porte d'entrée.

Il avait dormi près de dix-huit heures ! En faisant cette constatation, Edward remarqua avec un serrement de cœur que la fourgonnette Carpet City n'était pas garée dans l'allée. Son père, dérogeant à sa ponctualité coutumière, avait dû partir au travail de bonne heure pour rattraper le temps perdu en début de semaine. Edward s'habilla et descendit au rez-de-chaussée. Il ouvrit la porte d'entrée et déroula la *Gazette*. La manchette de la première page était consacrée à un incendie qui avait ravagé une aile du club des Elans. Le lac de bitume était relégué tout en bas, dans un coin.

UN OS DE DINOSAURE DÉCOUVERT A MOLEBURY

Cette semaine, un os de dinosaure a mis Molebury en émoi et attiré en ville un groupe de savants venus du lointain Muséum national d'histoire naturelle de New York. Cette effervescence a été provoquée par M. Edward Small senior, propriétaire du magasin Carpet City, dans Church Street. D'après lui, l'os – un morceau de mâchoire inférieure, ou «mandibule» – proviendrait du vieux lac de bitume situé au fond du ravin qui s'étend derrière les Aciéries et Tréfileries. Sur la foi de cette information, les savants ont supposé que d'autres ossements devaient se trouver au même endroit que le premier, mais après trois jours d'onéreux travaux de dragage, le lac de bitume s'est révélé tout aussi vide qu'il l'était il y a vingt-cinq ans, quand les spécialistes de l'université de notre État l'eurent sondé. Après avoir fait l'objet de divers examens sur la côte Est, l'os reviendra à Molebury et sera exposé à la bibliothèque municipale, dans Waverly Avenue, où le public pourra le contempler à loisir. Le signataire de cet article aurait été heureux de pouvoir vous conseiller de vous y précipiter en famille mais, ayant eu le privilège de voir le fossile avant son départ, il se sent moralement obligé de vous avertir loyalement : cet os est peut-être très ancien, mais son aspect est totalement dépourvu d'intérêt.

H.F.

Edward, accablé, s'assit tristement sur la marche du seuil et entreprit de relire l'article de M. Forster, mais celui-ci était vraiment par trop démoralisant et il passa à la dernière page. Là, sa propre prose lui sauta aux yeux : MOLEBURY DONNE UNE RACLÉE A POTTSVILLE, 9-0

Un peu ragaillardi, il explora le parterre de fleurs à la recherche d'une tulipe pour sa mère, mais il commençait à faire trop chaud pour les tulipes et les quelques pétales languissants qui se cramponnaient encore aux tiges s'apprêtaient visiblement à rejoindre ceux qui jonchaient déjà le sol.

D'ailleurs, lorsque Edward arriva à la cuisine, sa mère n'y était pas.

– Ça, alors ! Qu'est-ce que tu fiches là ? demanda-t-il.

Priscilla se détourna de la cuisinière avec un grand sourire. Elle était vêtue de son peignoir orné de petits canards, et l'une de ses mains gantées de moufles isolantes tenait gauchement une spatule en bois.

– J'allais t'appeler, lui dit-elle. J'ai oublié comment tu veux tes œufs.

– Où est maman ?

– Elle est partie précipitamment avec papa. J'ignore où ils sont allés. Si ça se trouve, la tante Suzanne a encore battu sa nouvelle infirmière à coups de canne. Tu n'as pas entendu le téléphone sonner ?

Il haussa les épaules et renifla l'odeur du bacon.

– Brouillés, s'il te plaît, dit-il seulement, estimant que la ciboulette dépassait les compétences culinaires de sa sœur. Regarde, mon article est paru.

Priscilla retira ses moufles pour lire le journal. Elle lut l'article tout bas, en remuant les lèvres. Lorsqu'elle arriva au bout, Edward estima modestement que, tout compte fait, il n'était pas si désagréable de voir son œuvre imprimée.

– Qu'est-ce que tu en penses ? demanda-t-il.

– C'est génial ! Tu aurais pu utiliser un peu moins de prépositions, mais ce n'est pas grave. En revanche, est-ce que ton camarade ne s'appelle pas Gritch ?

Edward lui arracha la *Gazette* des mains et s'assit devant la table pour lire son article.

MOLEBURY DONNE UNE RACLÉE A POTTSVILLE, 9-0

Grâce à la puissance de l'excellent bras droit de Billy Girch et aux interventions opportunes de ses batteurs, l'équipe de base-ball du collège de Molebury a poursuivi, vendredi après-midi, la série de ses succès en infligeant à Pottsville le score de 9-0. Billy Girch a établi un record national en renvoyant quatorze batteurs, tout en inscrivant à son palmarès sa sixième victoire de la saison.

– Oh, non, gémit Edward en repoussant avec horreur l'abominable feuille de chou.

– Ne t'en fais pas, Edward. Beaucoup de gens abusent des prépositions.

– C'est le nom de Billy ! Je jure que je l'avais correctement orthographié !

– Ça doit être un coup de Mme Sprunt, la typographe. Maman dit que si elle touchait un nickel pour chaque coquille, on pourrait s'acheter une nouvelle machine à laver la vaisselle. Mais il ne faut pas en vouloir à cette pauvre Mme Sprunt, Edward. Le responsable, c'est M. Forster, qui est trop radin pour remplacer la vieille Linotype.

– Ça, Billy ne voudra pas le savoir. Et dire que je croyais lui avoir rendu un grand service ! Maintenant, il va me tuer.

– Oh là là ! dit Priscilla en remettant les moufles isolantes, le bacon !

Il était brûlé mais, de toute façon, Edward n'avait plus faim. Il prit son cartable et partit pour l'école.

Le temps était radieux, et le soleil qui dardait ses rayons à travers le feuillage des caroubiers dessinait sur le trottoir le

réseau mouvant des écailles d'un dinosaure. Mais, ce jour-là, ce spectacle déprima Edward en lui rappelant l'article mesquin de la première page sur l'os de l'allosaure. Il s'efforça d'orienter ses pensées vers un sujet plus plaisant, l'examen de passage par exemple, mais, au moment où il arrivait à la hauteur de la haie des Lundquist, ce fut le sujet de l'article encore plus malencontreux de la dernière page qui s'imposa brusquement à lui.

– Hé, Small ! Attends un peu !

Edward essaya de dépasser la haie, mais il était encore dans la zone dangereuse lorsque Billy Gritch le rattrapa.

– Salut, Billy !

Il jeta un coup d'œil furtif sur le visage tavelé.

– Tu veux que je te donne un coup de main pour la butte avant le match de cet après-midi ?

La réponse de Billy fut un grondement menaçant. Il avait lu la *Gazette*.

– Ecoute, Billy, je te jure que je n'y suis pour rien. C'est la vieille Mme Sprunt, la typographe. Quand elle arrive à la dernière page, elle ne voit plus clair. Et la Linotype est périmée.

Billy serra le poing, Edward fit un pas vers la chaussée pour s'écarter de la haie.

– Billy ! C'est ton bras de lancer !

Mais ce ne fut pas ça qui empêcha Billy de cogner ; ce fut l'apparition inopinée de Mary Beth Chalmers.

– Qu'est-ce qu'elle vient foutre à Summit Street, à ton avis ? demanda Billy en desserrant son poing.

Edward s'effaça derrière le grand flandrin de lanceur pour le laisser accueillir Mary Beth qui se hâtait vers eux, ses longs cheveux scintillant au soleil. Curieusement, elle n'avait pas de cartable.

– Il me semblait bien t'avoir reconnu, haleta-t-elle, pantelante, en arrivant à leur hauteur. Tu n'es pas au courant?

A la stupeur d'Edward, c'était à lui qu'elle s'adressait. Il aurait aimé la remercier de lui avoir évité de se faire mettre le nez en compote, mais elle ne lui en laissa pas le temps.

– Je suis venue à cause de ton père! continua-t-elle sans lui laisser placer un mot, mais en lui saisissant le bras. Ma mère était en train de regarder Nouvelles du Midwest quand ils ont interrompu l'émission pour passer un flash sur le ravin!

– Quoi? s'écria Edward. Mais pour quelle raison? Le matériel de dragage est parti.

– Eh bien, ils sont là-bas, insista Mary Beth. On les a vus à la télé!

Pour Billy, l'idée de passer à la télé dut l'emporter sur la coquille de la *Gazette*, car il déclara que le dernier arrivé au ravin goberait un œuf. Et ils s'élancèrent tous les trois coudes au corps.

Mary Beth était la seule à ne pas être encombrée d'un cartable, mais elle était déjà essoufflée avant de prendre le départ et, lorsqu'ils atteignirent Waverly Avenue, Edward l'avait nettement distancée. Billy, en revanche, gagnait du terrain en dépit de ses bottes de cow-boy, seulement il ne connaissait pas le sentier secret. Edward bifurqua vers les Aciéries et Tréfileries et traversa le parking en diagonale. Malgré ses grandes jambes, Billy lui-même n'aurait pas pu arriver avant lui en faisant le détour par le chemin empierré.

Malheureusement, Billy eut l'idée de jeter un coup d'œil par-dessus son épaule pour voir où en étaient ses concurrents. Au moment où Edward allait s'enfoncer dans le bois, il entendit une galopade derrière lui et, au premier tournant du sentier, il fut doublé par Billy. Edward atteignit le deuxième tournant juste à temps pour voir les pans de la chemise de Billy disparaître dans le troisième.

Mais quand Edward arriva au tronc creux, à mi-parcours, Billy était étendu de tout son long à côté de l'arbre moussu, le contenu de son cartable éparpillé autour de lui. En essayant de se relever, il glissa sur l'argile humide et se retrouva une fois de plus à plat ventre, le nez dans la boue. Edward contourna tout ce gâchis et continua à dévaler le sentier d'un pied sûr. Pour une fois, il allait battre Billy Gritch! Mais quand il déboucha dans la clairière, au fond du ravin, il fut tellement ébahi qu'il en oublia complètement sa victoire.

LE SOLEIL N'ÉTAIT PAS ENCORE
ASSEZ HAUT SUR L'HORIZON
POUR QUE SES RAYONS EUSSENT
PÉNÉTRÉ DANS LE RAVIN, MAIS UN
tas d'autres trucs y étaient d'ores et déjà installés. Le plus volu-
mineux était une unité mobile de reportage, une sorte de cam-
ping-car portant sur les flancs le sigle KBIG-TV. Des câbles
électriques sortant de l'arrière du véhicule rampaient comme
des serpents noirs vers les caméras. Une grande femme aux
cheveux blond cendré, dont les dents étaient les plus blanches
qu'Edward eût jamais vues, tenait d'une main ferme un micro.
Son père était à côté de la femme, en compagnie du
Dr Johanson et du Dr Brainsworth.

Edward courut vers sa mère qui se tenait près de la souche du
chêne foudroyé. Elle portait un blue-jean, un chemisier blanc et
n'avait pas de rouge à lèvres.

– Edward! s'écria-t-elle. Nous venons juste d'envoyer quelqu'un te téléphoner. Quand nous avons appris la nouvelle, nous ne voulions pas y croire... mais regarde !

Elle montrait le lac de bitume. Le cœur d'Edward fit un bond dans sa poitrine. A côté de la fosse, sur un filet englué de bitume, s'entassaient un monceau de grands objets fangeux. Une douzaine d'objets analogues étaient posés sur une bâche déployée un peu plus loin, mais ceux-là avaient été nettoyés. C'était des ossements ! Le Dr Roger van der Weel était agenouillé à côté d'eux, sur la bâche ; il avait retiré sa drôle de veste et roulé ses manches de chemise sur ses gros biceps. A l'aide d'un instrument ressemblant à ceux que le dentiste vous enfonce dans la bouche, il détachait délicatement la croûte de bitume d'un os grand comme un baquet.

– D'où sortent-ils, m'man ? chuchota Edward d'une voix étranglée par l'émotion. Je veux dire, comment a-t-on pu les remonter sans matériel ?

– Je ne sais pas, mon chéri.

– Ils ont dit de quel animal ça provient ?

– D'un dinosaure, exactement comme tu le pensais. Je crois que c'est un allosaure.

– Un allosaure !

– Alors ? N'est-ce pas merveilleux ?

Edward hocha la tête, pétrifié, les yeux rivés sur les ossements. S'agissait-il d'Alexandre ? Sa toute première rêverie au bord de l'étang noir, des années auparavant, aurait-elle pu être une sorte de cristallisation se formant autour d'un noyau ignoré de vérité ? Un étrange sentiment de fierté se répandit en lui.

Peu après, sa mère le tira par la courroie de son cartable.

– C'est un de tes camarades, mon chéri ?

Billy avait réussi à se relever. Son blouson à écusson était tellement maculé de terre qu'on ne distinguait plus le m de Molebury, et son manuel d'histoire avait perdu sa couverture dans sa chute.

– Saleté de bouillasse, marmonna Billy en essuyant la plaque d'argile qui souillait sa joue. Alors, qu'est-ce qui se passe, Sm... Edward ?

– Billy, voici ma mère. M'man, je te présente Billy Gritch.

– Enchantée, Billy, dit Mme Small. Il me semble que je connais votre mère. C'est elle qui monte toujours à l'arrière de la grande échelle pendant le défilé des pompiers, n'est-ce pas ?

Billy bredouilla quelque chose de totalement inintelligible. A ce moment-là, un homme vêtu d'un complet vert farfadet et coiffé d'une perruque orange un peu de guingois se mit à gesticuler fébrilement.

– L'intermède publicitaire est terminé, Lucinda! cria-t-il, et un clignotant s'alluma sur l'une des caméras, aussi rouge que les joues de Billy.

– Bonjour à tous, susurra la grande blonde dans son micro. Ici Lucinda King, de KBIG-TV, qui vous parle du lac de bitume de Mulberry où s'est produit l'extraordinaire événement de ce matin.

Sa voix était si douce, si mélodieuse, qu'on ne pouvait pas lui en vouloir d'écorcher le nom de la ville. D'un geste plein de grâce, elle désigna l'étang, derrière elle, et l'homme à la perruque orange fit un signe à l'autre caméra: la lumière rouge s'éteignit sur la première et s'alluma sur la seconde. M. Small, dont la chemise blanche était impeccable mais qui ne s'était pas rasé, fit également de grands gestes pour qu'Edward vînt le rejoindre. Edward secoua énergiquement la tête. L'immense joie de cette prodigieuse découverte serait irrémédiablement gâchée s'il devait affronter une caméra de télévision. Une chance qu'il ait convaincu son père de s'attribuer tout le mérite de la découverte!

– Ce que vous apercevez derrière moi, ce sont les ossements d'un allosaure, continua la speakerine de sa voix suave. Dites-moi, Dr Johanson, pensez-vous qu'il s'agisse d'un squelette complet?

– Nous ne pouvons pas l'affirmer tant qu'il n'est pas entièrement décapé.

La voix du Dr Johanson n'était ni calme ni douce, et ses gros sourcils blancs scandaient chacune de ses paroles.

– Mais, compte tenu de la mâchoire découverte précédemment, il semble effectivement que ce soit un squelette complet. Et si cela se confirme, comme tout paraît le laisser supposer, c'est le premier squelette complet d'un dinosaure de la période jurassique jamais découvert dans le monde ! C'est absolument fantastique !

– Avez-vous l'intention, Dr Johanson, d'emporter les fossiles au Muséum national d'histoire naturelle de New York ?

– Malheureusement, cela ne dépend pas de moi... mais nous espérons évidemment obtenir un droit de priorité pour la publication de nos travaux.

– Il me semble que cela va de soi, dit M. Small. D'accord, Edward ?

Edward opina et recula d'un pas derrière la souche. Il était ravi de voir son père à l'honneur, mais entendait rester en dehors de cette histoire.

– Dans ce cas, poursuivit la speakerine, où vont aller les ossements ? A l'université de l'État ?

– Ça, ça m'étonnerait, répondit M. Small. D'après mon fils – il est là-bas –, le directeur de la section de géologie a été le premier averti de la découverte de la mâchoire, et il a traité cette information par le mépris. Un certain Flint.

– Ça, alors !

Dieu merci, l'éblouissant sourire de la speakerine était dédié à la caméra dont le clignotant rouge était allumé et non à Edward... qui, de toute manière, était maintenant pratiquement invisible derrière la souche.

– Eh bien, je ne voudrais pas être à la place de ce Flint quand il affrontera le conseil d'administration de l'université ! dit-elle. Dans ce cas, où pensez-vous que les ossements vont être exposés, alors ?

– Eh bien... pourquoi ne resteraient-ils pas tout simplement où ils sont ? suggéra M. Small.

– Vous voulez dire ici, à Mulberry ?

M. Small se racla la gorge.

– C'est... euh... c'est Molebury, en fait.

– Oh... Molebury. Excusez-moi.

– En coupant quelques-uns de ces arbres rachitiques, vous pourriez édifier la salle d'exposition ici même ! intervint le Dr Brainsworth avec enthousiasme en désignant la rive opposée du lac de bitume.

– Dr Johanson, dit la speakerine qui, des deux savants, semblait préférer le grand homme distingué à la grosse femme à queue de cheval, vous pensez que cela pourrait devenir une attraction touristique ?

Le Dr Johanson eut un rire paternel.

– Je me demande si vous vous rendez exactement compte de la portée de cette découverte, dit-il avec tact. Ce lac de bitume va devenir célèbre non seulement aux États-Unis, mais dans le monde entier. Son nom figurera à tout jamais dans les annales de la science.

– C'est fabuleux !

– Vous pourriez transformer en hôtel la vieille fonderie qui se trouve là-haut, dit le Dr Brainsworth, et il n'y aurait pas une chambre de libre avant une bonne centaine d'années...

– Pour ceux qui viennent seulement de se joindre à nous, c'est Lucinda King, envoyée spéciale de KBIG-TV, qui vous parle en direct du lac de bitume de Molebury. Il se peut que vous ne le sachiez pas encore, mais la plupart d'entre vous viendra ici un jour ou l'autre, avec femme et enfants, visiter l'exposition de ces ossements préhistoriques. C'est une sensation vraiment extraordinaire de se trouver dans ce ravin avec...

– Dites donc, David, coupa le Dr Brainsworth, je suis en train de me demander s'il ne serait pas amusant de construire une maquette grandeur nature d'un allosaure et de la placer à l'entrée du ravin ?

– Mais... ça me paraît une excellente idée, approuva le Dr Johanson. Elle pourrait montrer le chemin qui descend ici.

Cette conversation passionnait tellement Edward qu'elle le fit ressortir de derrière la souche. Une foule de plus en plus dense de Moleburiens déferlait par le chemin empierré, et le lac de bitume était maintenant entouré d'un cercle continu de badauds. Parmi les derniers arrivants se trouvait Mary Beth, qui se dirigea tout droit vers la souche.

– Ah, te voilà enfin, Edward, dit-elle. Alors, qu'est-ce que je t'avais dit ?

C'était rudement gentil de sa part de l'aborder de cette manière devant Billy, et en présence de sa mère.

– Tu ne connais pas ma mère, Mary Beth ? Maman, je te présente Mary Beth Chalmers.

– Bonjour, Mary Beth, dit Mme Small. Je crois avoir rencontré votre mère à l'association des parents d'élèves. Vous avez une bien jolie jupe !

– Merci, madame Small.

– Tu en a mis du temps, Mary Beth, remarqua Edward comme si elle lui avait manqué.

– C'est parce qu'il est arrivé un truc tordant et que tout le monde s'est arrêté pour regarder, expliqua-t-elle. Tu connais le golf-kart de M. Forster ? Eh bien, il s'est embourbé au milieu de la descente, et M. Forster est bloqué là-haut, jurant comme un charretier et rouge comme une betterave !

– Pauvre Hank, dit Mme Small en s'efforçant de ne pas rire. Je suis sûre qu'il se mord les doigts de ne pas pouvoir récupérer tous les exemplaires du numéro de cette semaine. Edward, mon chéri, j'ai l'impression que ton père désire que tu ailles le rejoindre.

Edward secoua la tête et s'adossa à la souche.

– Nom d'une pipe ! s'exclama Mary Beth en apercevant les ossements. Comment ont-ils fait pour remonter tout ça sans équipement ?

– Question judicieuse, fit Edward.

Pendant ce temps, le Dr Johanson et le Dr Brainsworth continuaient à discuter de l'exposition des ossements.

– Excusez-moi, finit par intervenir la speakerine. Puisque ce lac de bitume est appelé à devenir mondialement célèbre, ne serait-il pas préférable qu'il ait un nom ? Je pense qu'on pourrait lui donner le vôtre, Dr Johanson, en tant que chef de votre équipe de chercheurs.

– Ce serait le plus grand honneur de ma carrière, déclara le Dr Johanson avec solennité, mais, hélas ! il serait immérité. Mon rôle dans cette affaire a été des plus modestes.

– Tout comme le mien, dit tristement le Dr Brainsworth. Roger a été le seul à ne pas se décourager.

– Roger ?

Les yeux de la speakerine suivirent ceux des savants jusqu'au colosse barbu agenouillé sur la bâche.

– Pourriez-vous expliquer cela à nos téléspectateurs ?

– Le Dr van der Weel n'a jamais renoncé, dit le Dr Johanson avec simplicité. L'un des filets était resté coincé au fond de la fosse, et l'équipe de dragage a dû l'abandonner lorsqu'elle a remporté son matériel, hier après-midi. Quand Joyce et moi sommes rentrés à l'hôtel pour prendre un peu de repos, Roger est allé fouiner dans cette vieille fonderie, là-haut, et il y a dégoté un treuil, un treuil à main qui servait autrefois à éprouver la résistance à la traction des fils d'acier. Il a passé toute la nuit dernière à tourner la manivelle et, au lever du soleil, il a réussi.

– Comme vous pouvez le constater, le filet n'était nullement coincé, dit le Dr Brainsworth avec un gloussement de gaieté. Il contenait seulement un très gros poisson.

La speakerine couvrit le micro avec sa main.

– Amenez-moi van der Weel ! aboya-t-elle.

L'homme à la perruque orange se précipita vers la bâche, et la speakerine découvrit le micro.

– Et voici maintenant le Dr van der Weel, annonça-t-elle d'une voix qui avait retrouvé sa suave intonation.

– Je dois vous prévenir, avertit le Dr Johanson, que Roger ne parle pas très bien notre langue.

Mais l'attention de la speakerine était entièrement concentrée sur le Dr van der Weel qui arrivait en tenant à deux mains un os de la taille d'un baquet, maintenant propre comme un sou neuf.

– Dr van der Weel, lui dit-elle en posant la main sur son bras musculeux, je voudrais d'abord vous remercier du fond du cœur au nom de tous les habitants de cet État. Nous venons tout juste d'apprendre votre exploit héroïque. Pourriez-vous nous le raconter avec vos propres mots ?

– Vertèbre dorsale, dit le Dr van der Weel en tendant l'os au Dr Brainsworth. Oui ?

– Non, je parlais de votre exploit héroïque de la nuit dernière, Dr van der Weel, insista la speakerine.

– Pardonnez, madème ?

– Mademoiselle, rectifia-t-elle sans lâcher le bras musculeux. Mademoiselle Lucinda King, envoyée spéciale de kbig-tv. Nous venons d'apprendre comment... comment vous avez remonté à mains nues ces ossements. Au cas où le gouverneur prendrait cette décision, verriez-vous une objection quelconque à accepter l'honneur que le lac de bitume porte votre nom ?

– Mademoiselle ?

– Nous nous demandions si vous aimeriez que cet endroit s'appelle « lac Van-der-Weel » ?

Cette fois, le Dr van der Weel comprit.

– Ach, no! déclara-t-il.

Secouant fermement la tête, il tourna ses yeux bleus étincelants vers M. Small :

– Cet homme... lui trouver mâchoire. Moi seulement tourner manivelle.

La speakerine abandonna à regret le grand et vigoureux barbu pour se tourner vers M. Small qui était chauve et plus petit qu'elle, mais sa voix resta suave.

– Je crois savoir, M. Small, que vous n'êtes pas un scientifique, mais un...

– Un citoyen tout à fait ordinaire, dit M. Small en souriant.

– Et votre nom entier serait ?

– Il serait Edward Small senior.

– M. Edward Small senior, vous allez cesser du jour au lendemain d'être « un citoyen tout à fait ordinaire », comme vous dites, pour devenir quelqu'un dont le nom sera connu dans le monde entier durant des siècles. Je suis sûre que beaucoup de nos téléspectateurs aimeraient savoir ce que vous ressentez.

– Ça doit certainement être une sensation très agréable, dit M. Small en regardant de nouveau Edward. Seulement, ce n'est pas moi qui ai découvert l'os, c'est mon fils. Il est descendu ici tout seul, en pleine nuit, et il l'a extirpé du bitume.

– Mais c'est absolument sensationnel ! s'exclama la speakerine avec excitation.

– Eh bien, c'est un garçon assez sensationnel, continua M. Small. Ou peut-être devrais-je dire : un jeune homme assez sensationnel, Edward Small junior. Il est... il était ici il y a une seconde.

– Raccord, Lucinda ! lança l'homme à la perruque d'une voix pressante.

– On me signale que d'autres émetteurs prennent le relais, roucoula la speakerine. Pour ceux d'entre vous qui viennent de se joindre à nous, c'est Lucinda King, de KBIG-TV, qui vous parle en direct de ce qui va apparemment devenir célèbre dans le monde entier sous le nom de « lac Edward-Small-junior ». Des profondeurs noires du bitume que vous apercevez derrière moi – geste gracieux, inversion des caméras – de cette fosse mystérieuse a surgi le squelette d'un gigantesque dragon carnassier qui hantait cette région des Grandes-Plaines, il y a cent millions d'années, à quelques centaines de siècles près.

Pendant que Mme Small entraînait Edward hors de sa cachette derrière la souche de l'arbre mort, un souffle de brise agita les frondaisons des arbres en vie. Mary Beth vint à côté d'Edward, si près que ses cheveux d'or chatouillèrent la nuque du garçon.

– Le lac Edward-Small-junior, chuchota Mary Beth avec ravissement. Regarde, Edward, Lucinda King te fait signe. Elle veut que tu passes à la télé !

– Je peux te garder ton cartable, si tu veux, proposa humblement Billy.

Dans le sillage de la brise apparut le soleil matinal, dont les premiers rayons glissèrent par-dessus la crête du ravin. Ils tombèrent en plein dans l'œil d'Edward qui entendit la speakerine aboyer : « Amenez-moi le garçon ! » mais fut trop ébloui pour voir ses gestes frénétiques. Et, même quand il les eut abrités de sa main en visière, ses yeux se posèrent non pas sur elle, mais derrière elle, sur le lac de bitume. La soudaine arrivée du soleil faisait danser à la surface les reflets familiers, verts, argent et pourpres. Edward chercha, sur le tronc de l'arbre déraciné, l'endroit qui avait longtemps été son trône secret : le matériel de dragage avait tout écrasé. Ses yeux se mirent à picoter. Ce tas d'ossements préhistoriques allait anéantir à tout jamais le palais mystérieux qui avait abrité ses rêveries et, au moment de les perdre, elles lui paraissaient plus précieuses encore.

Quelqu'un essaya de lui prendre la main, et il la retira vivement, pensant que c'était l'homme à la perruque qui venait le chercher, mais en battant des paupières pour chasser l'humidité qui lui embuait les yeux, il vit que c'était son père. L'homme à la perruque était en train de poudrer le nez de la speakerine.

– Viens, Eddie.

– Tu m'avais donné ta parole, p'pa.

– Je sais. Je te demande pardon. Mais il m'a semblé qu'il valait mieux se parjurer qu'accepter un honneur immérité.

– Je suppose que c'est à vous que je dois poser la question de nos droits de publication, dit le Dr Johanson qui s'était également approché. Qu'est-ce que vous décidez, jeune homme ?

La station de télévision avait repris l'antenne pour un nouvel intermède publicitaire. Edward écouta nerveusement un membre de l'équipe décompter les trente secondes, mais il laissa son père lui prendre la main. Finalement, il était difficile de lui en vouloir.

– Alors, jeune homme ? répéta le Dr Johanson.

Edward croisa le regard amical du Dr Johanson, sous les gros sourcils blancs.

– Eh bien... est-ce que votre musée serait capable de restaurer un tapis de Boukhara qui a été souillé par du bitume ?

– Mais oui, certainement!

M. Small serra la main d'Edward.

– C'est tout ce que vous désirez, mon garçon? demanda le Dr Johanson.

– Peut-être... peut-être que vous pourriez parler à ma place, monsieur? suggéra Edward avec espoir.

– Ah non, ça, je ne pense pas pouvoir le faire. C'est vous qu'ils veulent, jeune homme.

– Vas-y, mon chéri, exhorta Mme Small en peignant avec ses doigts les cheveux moites de sueur d'Edward. Ils t'attendent.

Les nouvelles se répandent vite dans les petites villes comme Molebury. Toute la population semblait maintenant se déverser dans le ravin. Une foule cent fois plus nombreuse que la classe de maths d'Edward se bousculait pour apercevoir la speakerine, et ce n'était rien en comparaison de l'horrifiante multitude des téléspectateurs. Mais avec Billy qui lui portait son cartable et Mary Beth et les autres qui le regardaient avec des yeux extasiés, Edward ne trouva aucune échappatoire. Il respira à fond et marcha d'un pas chancelant vers les caméras, les yeux fixés sur le lac de bitume, en se répétant : « Elle ne se développe que dans les coins sombres... que dans les coins sombres... »

– Ah, voici réunis les deux Edward Small.

Les acclamations furent encore plus nourries que celles qui avaient salué le renvoi du quatorzième adversaire de Billy, et lorsque Edward leva timidement les yeux vers l'éblouissant sourire de la speakerine, il se dit que ça aurait pu être pire. Au fond, c'était tout à fait comme dans ses rêveries, avec la ville entière qui l'acclamait, même si Alexandre n'était qu'un tas d'ossements englués de bitume. Et même si son nouvel ami – son père – était à peine plus grand que lui. Et c'était rudement agréable que quelqu'un vous tienne la main à un moment pareil.